Triángulos mágicos

CHELY LIMA

Triángulos mágicos

Publicado por Eriginal Books LLC.
Miami, Florida
www.eriginalbooks.com

© 1994, Chely Lima
© 2014, diseño de cubierta: Ernesto Valdes
© 2013, foto de la autora: Leonor Álvarez-Maza
© 2014, de esta edición, Eriginal Books LLC.

Primera Edición: 1994
Segunda Edición: 2014

Tirada especial para la Feria del Libro de Miami

ISBN-13: 978-1-61370-056-3

Primera parte

Uno

Pueden creerme si les digo que dos cosas cambiaron mi camino: la gimnasia artística y un novio que yo tenía.

Fui la menor de mis hermanos, lo que constituía una pesada carga, y la única hembra entre los hijos, carga más pesada aún.

Mi madre es de personalidad dominante; pasó veinte años tratando de meterme en la cabeza sus propias ideas, a fuerza de discursos, proverbios y amenazas. Habría resultado un político brillante en cualquier época y cualquier circunstancia, porque acuñaba *slogans* con una facilidad asombrosa. La tercera parte de sus consignas aludían a la virginidad imprescindible para llevar al matrimonio.

En cuanto a mi padre, jamás me hizo caso porque vivía sumergido hasta las cejas en su trabajo. Y mis dos hermanos se casaron cuando yo tenía alrededor de nueve años, formaron familia aparte y yo les importaba un comino.

Siempre he sido angelical, soy angelical por naturaleza. Pocas veces discuto, me limito a adaptarme. Nadie, ni yo misma, podría haber supuesto que dentro de mí había una especie de bomba atómica lista a estallar.

Por la época en que me estaba preparando para entrar a la universidad —y, de una vez por todas, ubíquense: estoy hablando de los años ochenta del siglo veinte en La Habana—, asistía cuatro veces por semana a unas clases de gimnasia artística. Es decir, que cada martes, cada miércoles, cada jueves y cada viernes, mi sentido del ridículo sufría unos embates violentos. La gimnasia artística no me gustaba para nada, no tenía ni la sombra de una vocación que me permitiera deslizarme como una garza grácil, imitando a mis esforzadas compañeras. Nuestra instructora sufría, y sufría yo también. Las otras desgraciadas se divertían de lo lindo. Pero mi madre estaba encantada: a ella sí que le gustaba la gimnasia artística. Y le gustaba mi novio. No porque estuviera bueno, que lo estaba, sino porque en unos meses iba a terminar la carrera de médico.

Para mi mamá, que ha sido hija, nieta, sobrina y hermana de afamados siquiatras, gineco-obstetras, otorrinolaringólogos, pediatras, neurólogos y microbiólogos, la posibilidad de propiciar la entrada al clan familiar de un nuevo y prometedor pichón de facultativo, era todo un honor. Por otra parte estaba el hecho de que ella misma había cazado a un simple dentista, de modo que, por así decirlo, no había saldado su deuda con la tradición.

Mi novio también pensaba que yo debía llegar virgen al matrimonio. No me lo decía con esas palabras, claro, pero en esencia el contenido de lo que sí me decía era idéntico al de los más esforzados *slogans* de mi madre.

Sigo preguntándome si alguna vez estuve enamorada de él o si todo fue un espejismo. Es verdad que tenía unas nalgas bien criollas, es decir, poderosas, y que me agradaba mirarle al pecho cuando se le entreabría la camisa, y que se le formaba junto a la ingle un bulto promisorio. Pero lo raro es que, cuando me masturbaba, no lo hacía pensando en él, sino en un flaco, feo como él solo, del que me había enamorado secretamente en unas vacaciones lejanas.

Pues mi karma quiso que cierto día se me ocurriera visitar a mi novio a deshora. El asunto de la gimnasia artística estaba empezando a desquiciarme y le quería consultar qué hacía: si la dejaba o no la dejaba. Y lo encontré en pleno ataque de pasión. Lo que significa que mi novio había perdido la cabeza hasta tal punto que dejó mal cerrada la puerta de la casa de sus padres, de par en par la de su dormitorio, y estaba enganchado igualito a un perro con otra futura doctora en medicina.

Me supongo que ella sí que no sería virgen.

La pasión era tan violenta que ninguno de los dos se logró enterar de que yo había estado allí, con los ojos desorbitados, calibrando aquel desbarajuste.

En el camino de regreso a mi casa, la bomba atómica hizo *bum* en mi interior. Decidí suicidarme.

En casa no había un alma.

Con una frialdad que después se me ha figurado patológica, abrí los armarios y fui sacando uno por uno mis vestidos caros, mis falditas con volantes, mis blusas bordadas, las fajas, los sostenes, los ligeros géneros del resto de mi ropa interior, los zapatos de lazo y tacón. Agregué el contenido de mi joyero de fantasía y las fotos de los quince años, cuando me maquillaron por primera vez y me vistieron de largo. Vacié sobre aquel montón la gaveta donde guardaba mis cosméticos. Traje alcohol, empapé todo y prendí un fósforo.

Suicidio es suicidio. Así que me saqué las prendas de ropa que llevaba puestas y también las coloqué en la pira. Coloqué, además, los mechones —«*rizos color de miel*» según mi madre— que me daban por entonces a la cintura, y que fui cortando con una mohosa navaja de mi padre. Luego me encerré en el baño. Apoyé el pie derecho en el borde de la bañera y con mano firme introduje en mi cuerpo el cabo de la mano de mortero con que trituraban ajos en casa. El dolor me atravesó hasta la médula y el cabo salió ensangrentado. Pero ya no era virgen.

Tuve que ir a desplomarme en la cama.

Cuando se me pasó el mareo, redacté una nota destinada a mi madre que decía más o menos así: «*Si te gusta la gimnasia artística, te vas a practicarla. Y si te gusta mi novio, te puedes casar con él*». En el momento de firmar, dudé. Hasta ahí mi nombre de pila había sido Margarita. ¡Margarita!, ¿se imaginan? Pero ya esa pobre flor estaba muerta. Acabé decidiendo que los recién nacidos tenemos tiempo de sobra para escoger nombres, y dejé la nota sin firma sobre la mesa de noche y una mancha de sangre en la sobrecama.

Me envolví en un impermeable, me adueñé de unas zapatillas deportivas desahuciadas con las que mi madre hacía la limpieza y agarré mi mochila. Puse dentro mi alcancía para la boda, los dos tomos de *Los Tres Mosqueteros* y una media botella de ron que mi padre escondía detrás de una torre de periódicos viejos. Era un equipaje digno de un náufrago.

Cuando dejé el que había sido hasta entonces mi hogar, largué un suspiro de alivio, como si me hubiera sacado de los hombros el doble de carga que Atlas.

Deambulé por la ciudad durante horas y acabé recalando en el cinturón de rocas que circunda el muro del malecón, para descansar un poco, matarme el hambre con unos cuantos ronazos y meditar acerca de mi futuro. Claro que existía el peligro de que me emborrachara y acabara ahogándome miserablemente en las contaminadas aguas de la bahía, pero a un recién nacido no se le puede pedir que tenga ciertas cautelas.

Dos

¿Alguna vez han visto esas estampas ridículas en las que un niñito extraviado, a punto de despeñarse por un abismo, se encuentra con un ángel que extiende sus blancas manos para ampararlo? Pues en aquella memorable tarde a mí me mandaron un ángel, sí señor.

Cinco buches de ron ya me habían puesto a ver doble. Me agarró una especie de virus de la felicidad que fue contaminándome lenta pero poderosamente. Extendida sobre las rocas, toqué el agua espumosa y canté canciones de la Vieja Trova, y lloré y me reí hasta que se me agotó el resuello. Sólo quedó una vasta paz y el sonido del agua.

Entonces una voz de mujer joven, una voz un poco vulgar y un poco histérica, rompió la paz:

—¡Mira eso, tú!, ¿le habrá dado alguna cosa?

Por allá por la estratosfera, un tipo contestó:

—Mejor llamamos a la policía.

—Qué policía ni policía, no seas idiota. A lo mejor hay que llevarla a un hospital.

—Mi vida. —El hombre era infinitamente cortés, pero se estaba exasperando—. Los policías llevan a los hospitales a la gente necesitada de atención médica que aparece por ahí. Les pagan también para eso.

—¿Por dónde podré bajar para agarrarla? —continuó la voz de mujer sin hacerle caso—. Es que con estos tacones...

—¿Y adónde es que tú vas? —se alarmó el tipo.

Mi ángel me zarandeó con suavidad, me obligó a volver la cara y se quedó asombrada:

—¡Muchacha, pero si yo a ti te conozco!

Eso me animó a abrir los ojos.

Resulta que en primer año de preuniversitario, en mi aula había una chiquita que me caía tan mal que si la miraba más de dos minutos, era capaz de vomitarme. Le habían puesto Diana, pero ella obligaba a medio curso a decirle Dayana por aquella canción de mierda de los años cincuenta. Creo que era el mejor prospecto de puta que hube conocido en la adolescencia; me acuerdo que se untaba sombra dorada en los párpados para asistir a la clase de Matemáticas, se pintaba lunares en el escote y traía sonámbulos detrás de su enorme culo a nuestros imbéciles condiscípulos y a más de un profesor. De más está decir que yo evitaba posarle los ojos encima, y que el desagrado era mutuo.

Para que vean lo que es la vida: mi ángel materializaba nada más y nada menos que en Dayana, con más años y una capa más gruesa de maquillaje.

—Tú te llamas... Margarita, ¿no?

Moví la cabeza, negándolo.

—Ya no tengo nombre —barboté.

Mi salvadora se enderezó con todo tipo de precauciones para no reventarse varias rocas más abajo, se despojó de sus zapatos de tacón y los lanzó por encima del muro, luego se arremangó la falda, que limitaba sus movimientos:

—¡Arriba! —Me dio un tirón y tuve que pararme—. Ayúdame a ayudarte, porque con ese comemierda no se puede contar para nada. Vamos, que si te quedas aquí, eres chiquita muerta esta noche.

El ángel me acarreó por la resbaladiza ruta y después de varios sustos, estuvimos a salvo.

El comemierda al que se refería Dayana era un señor maduro y bien vestido, que nos observaba con pavor desde la acera.

—¡Pero qué barbaridad! —se azoró Dayana cuando pudo examinarme exhaustivamente—, si estás desnuda debajo de esto. Por tu madre, muchacha, ¿qué fue lo que te pasó?, ¿te violaron o algo por el estilo?

Emití una risita lamentable:

—Me violé yo sola —dije.

—Lo que está es borracha —opinó el comemierda.

—¡Ay, cállate, anda! —se sulfuró ella—. Mejor llévanos en tu carro hasta el cuarto y así haces algo útil.

—¿Y nuestra reservación para comer, Dayana?

—Se jodió.

—Dayana. —El caballero seguía manteniéndose cortés a costa de un esfuerzo sobrehumano que se podía palpar en la forma en que le hablaba—. Todos los días yo no consigo turno para comer en El Emperador.

—Pues otro día será. Ahora llévanos.

No pude menos que aplaudir para mis adentros.

Resulta que uno se da el lujo de aborrecer a la gente y no sabe en qué momento te va a salvar la vida, y encima, a renunciar al restaurante más caro del Vedado.

Dayana me acomodó en el asiento trasero del auto, aseguró la portezuela y suspiró:

—Pobrecita, hay que hacer algo por ella, ¿no?

La piedad de los ángeles desató en mi organismo la necesidad de luchar por mi recuperación, y lo primero que hice para recuperarme fue devolver, sobre el lujoso tapizado del asiento, los tragos de ron y parte de la bilis que había acumulado en veinte años.

La consternación del comemierda no tuvo parangón en la historia.

Tres

Desde el día en que cayó en mis manos, debo de haber releído *Los Tres Mosqueteros* unas trescientas veces, y el resultado fue que acabé encontrando de lo más normal la forma de conducirse de aquellos energúmenos, que a la menor provocación sacaban la espada y armaban la gorda donde fuera...

Pues el cuarto al que fui a parar estaba habitado por una versión menos violenta, pero no por eso menos valerosa, de mis celebérrimos Athos, Porthos y Aramis.

El origen de la tal comunidad había sido una beca de idiomas en Miramar, de donde las expulsaron a las tres porque desaprobaron un curso por pura rebeldía. Y cuando se hallaron de patitas en la calle, con el regreso a sus respectivos hogares como única perspectiva, se sentaron en la hierba de uno de los parques de la avenida Línea, hicieron concilio y decidieron resistir costara lo que les costara.

Athos, es decir, Beatriz, era de la provincia de Matanzas. Lo suyo fue desde siempre la escultura, pero ya que no la habían querido aceptar en la Escuela de Arte, no le quedó más remedio que meterle mano al Instituto de Idiomas, donde se hizo uña y carne de las otras dos. Andaba siempre desaliñada y era más grosera que un carretonero isleño, pero la belleza se le salía hasta por los poros. Una cabellera indómita le cercaba el rostro de pelirroja y su cuerpo, moldeado por el judo y el kárate en su ciudad de origen, era esbelto y fuerte como el de una pantera.

Porthos, es decir, Dayana, carecía del más cercano círculo familiar. Su madre y su hermana mayor se habían largado del país años atrás, reclamadas por el padre. Dayana no quiso ir con ellas, juraba que era un alivio poder librarse de los parientes. Y válgame si yo la entendía. Lo que la pobre no calculó fue que unos primos suyos se adueñaron de su casa con el pretexto de que Dayana era menor de edad. Mi ángel pertenecía al extendido biotipo de la criolla trigueña de ojos verdes, tetona y culona, un clásico de la producción nacional.

Aramis, es decir, Olga María, hubo de nacer en un pueblito del interior de La Habana, en el seno de una familia bien convencional, provincianos a matarse. Y volver a su pueblo equivalía a confesarse vencida por la capital, tal y como se lo habían pronosticado los suyos. Pequeña y redonda sin ser gorda, tenía un aire de oso de peluche que engañaba al más pinto, porque sesuda y práctica como ella no había otra en aquella habitación.

El dinero ahorrado les sirvió a las tres amigas para alquilar una pieza grande en una cuartería, con baño y balcón incluidos, en los altos de un edificio decrépito cuya entrada daba a los inefables Paraguas del Capitolio.

Olga encontró ubicación en las oficinas de una revista sobre vacas, una de esas revistas que se leen seis personas a lo sumo. Beatriz se las arregló con una plaza de ascensorista. Y Dayana deambuló sin éxito por los escritorios de recepción de varios ministerios, allí donde la ubicaban sus amigos importantes, los que la invitaban a salir y la devolvían de madrugada con el maquillaje corrido y billetes de más en la cartera.

Cuando yo aterricé en el cuarto, pagaban ciento cincuenta pesos, que en ese tiempo era una fortuna, por vivir allí, y habían conseguido amueblar el local con dos literas, una mesa de noche *art decó* pintada de verde tierno, una camilla cubierta por un hule, cinco sillas disparejas, dos hornillas eléctricas y un armario cundido de comején.

Las caras de Olga y Beatriz eran un poema cuando Dayana abrió de par en par la puerta, me empujó hacia el interior y resopló que por mí había malogrado su comida y roto su mejor par de medias.

—¿Qué coño? —murmuró Beatriz.

—Es que estuvo conmigo en el preuniversitario —contestó Dayana, como si eso lo explicara todo.

—Huele a ron a kilómetros —dijo Beatriz.

—Métanla en la ducha —aconsejó Olga María—, en lo que cuelo un café bien fuerte.

El agua helada me hizo el efecto de un electroshock, pero cuando lanzaron sobre mis hombros una raída sobrecama de chenilla y pusieron en mi mano temblorosa un tazón de café tinto, estuve en condiciones de hablar sin demasiada incoherencia.

Los tres mosqueteros me escucharon en silencio. Al cabo, Olga María levantó el rostro embadurnado con crema hidratante:

—Bueno, aquí hay donde dormir. La mitad de una litera está vacía.

—Pero si te quedas, te tienes que poner a trabajar en algo —dijo Beatriz—, porque a nosotras el dinero no nos cae del cielo y nunca nos alcanza para fin de mes.

Señalé mi maletín. Me lo trajeron y saqué la alcancía. Dayana la deshizo de un porrazo contra el piso. Contamos casi mil pesos.

—No está mal para empezar —admitió Olga—, pero hay que ver que no tienes ni ropa. Debes estar loca para haber quemado tus trapos.

—A este cuarto no traemos hombres —me advirtió Beatriz—, limpiamos y lavamos los domingos, y nos turnamos para cocinar. Si te conviene, y teniendo en cuenta que fuiste del aula de Dayana, puedes vivir con nosotras.

Cuatro

En definitiva, ¿qué fue D'Artagnan al principio, sino una especie de pollo de granja criado bajo las faldas de su madre, que seguramente lo mandaba a tomar clases de gimnasia artística cuatro veces por semana? Él tuvo que arreglárselas para sobrevivir en París. Yo lo mismo, pero en La Habana.

Olga María no pudo resolverme plaza en las oficinas de su revista para vacas y Dayana agobió inútilmente a sus amigos importantes para que me emplearan. Mientras tanto, mis casi mil pesos se evaporaban.

Beatriz llegó una tarde, radiante, se repantigó en una de las sillas del cuarto y descabezó su sexta caja de cigarrillos del día.

—Ya está, gato flaco —me dijo—, creo que te resolví el problema, pero tienes que ponerte muy bien los pantalones para este trabajo.

—¿A quién hay que matar? —pregunté.

Ella se echó a reír.

—¿Como cuánto dinero te queda?

—Más o menos quinientos.

—Bueno. En el edificio de mi ascensor hay un viejo que te vende una camioneta. La camioneta es un desastre, pero él te la deja baratísima y hasta se la puedes pagar a plazos.

Esa noche expusimos el caso en el colectivo mientras cenábamos alrededor de la camilla con hule.

—¿Y qué va a hacer esta mujer con una camioneta? —se azoró Dayana.

—Ese viejo tiene contactos —le explicó Beatriz por encima de su plato de chícharos— y ha estado toda su vida sacándole plata al negocio de dar viajes de provincia a provincia, llevando pasajeros.

—¿Eso será legal? —averiguó Olga María.

—¡Ay, mija, no jodas! Debe ser legal. Y si no lo es, al viejo nunca lo agarraron.

—¿Y tú sabes manejar? —indagó Dayana mirándome con los ojos muy abiertos.

—Ni gota.

—A manejar se aprende —dijo Beatriz.

Comimos en silencio por unos minutos.

—Tú no te sientas obligada, Margo —dijo Olga—, mira que esta Beatriz es una chiflada.

—Ni siquiera es un trabajo de mujeres —agregó Dayana.

—Déjate de mariconerías —le contestó Beatriz—. ¿Qué trabajos son de mujeres?, ¿darles el culo a los tipos esos con los que tú sales?

Dayana irguió la cabeza con dignidad:

—Yo no me acuesto por dinero.

—Bueno, pues si te acuestas con esos tipos porque te gustan, es que estás enferma.

—Acaben con eso —les dijo Olga María, y volviéndose a mí—: Margo, tú eres la que decide.

—¿Cómo aprendo a manejar? —pregunté.

—¿De verdad te interesa ganarte la vida de esa manera?

—Espero que sí.

Beatriz se tiró en su litera a leer a Schopenhauer y se fumó la séptima caja del día, en tanto Dayana se apostaba frente al espejo que pendía sobre la mesita *art decó*, para maquillarse. Olga lavó los platos y dio inicio a la paciente tarea de ponerse rolos que domaran aquellos rebeldes pelos suyos.

Me encaramé en la cama de Dayana, con las piernas colgando. Para pensar. Últimamente pensaba mucho. Recordaba frases de mi madre y respuestas mías. Me acordaba de mis clases de gimnasia artística. Visualizaba actitudes de mi novio. Luego miraba alrededor y observaba la camilla con hule, las manchas de humedad en las paredes, y me sentía contenta.

Dayana adecentó mi cabello, que ahora caía de forma un poco más convencional sobre mis orejas. Olga María me había asesorado en la compra de un buen par de zapatos de cuero, que conseguimos en bolsa negra. Beatriz me cedió un *jean* que estaba nuevo y dos camisas que habían pertenecido a su padre. Yo adquirí por mi cuenta varias remeras, una gorra azul y una chaqueta de pana.

Era chiquita nueva, había dicho Dayana muy oronda. Nadie hubiera reconocido en mi facha a una exalumna de gimnasia artística.

Desembarazarme de la virginidad no había influido en mi cuerpo luego de los primeros dolorosos segundos, pero me había curado el alma. Sentía un alivio infinito, como quien decide estrellar contra el piso el jarrón de porcelana de la época Ming que perteneció a su bisabuela, y que ha tenido que custodiar por veinte largos y agobiantes años.

—Margo —dijo Dayana, que se estaba pintando la boca de rojo tomate—, ¿qué vas a hacer por fin?

Las otras dos me miraron en silencio. Sonreí y me puse a balancear las piernas.

—Creo que voy a aprender a manejar. ¿Es un camión?

—¡Tú estás loca, gato flaco! Es una camioneta. Un camión cuesta muchísimo dinero —dijo Beatriz escupiendo la colilla.

Olga María puso un pañuelo encima de sus rolos y se lo anudó cuidadosamente en la nuca.

—¿No será peligroso para ella andar por las carreteras? De noche puede pasarle cualquier cosa.

—Tú siempre tan trágica, coño —dijo Beatriz—. No te preocupes, que yo le voy a enseñar unas llaves de judo para que le parta los cojones al primer hijo de puta que se meta con ella.

Cinco

¿Se acuerdan del caballo color yema de huevo con el que D'Artagnan entró en el patio de la hostería donde iba a conocer a Milady de Winter y a Rochefort? ¿Y se acuerdan de lo que se burlaron de aquel pobre infeliz por culpa del cabrón caballo, que era un verdadero esperpento?

Bueno, pues mi caballo, es decir, mi camioneta recién comprada, era más vieja que las carabelas de Colón, estornudaba como si padeciera de alergia a la gasolina, y tenía una clase de neurosis que no había forma de entenderla. Los mecánicos acababan encogiéndose de hombros y recomendándome que tratara de vender esa mierda, a ver si por lo menos conseguía sacarle un poco de plata.

Aprender a manejar no fue tan difícil, pero Olga María no quiso que agarrara carretera hasta que no transcurrieran por lo menos cuatro meses de rodar por las calles de La Habana.

—Las carreteras son otra cosa, si lo sabré yo —decía—, que he dado tanta rueda para ir y venir de ese pueblo mío.

Dayana se aterraba cuando las llevaba de paseo.

—¡Cuidado! —chillaba—, ¡luz roja! ¡Cuidado, Margo!

—La veo, la veo —asentía yo.

—¡Margo, por tu madre santa!

—Cállate, vieja —gruñía Beatriz—. Tú le amargas el paseo hasta a un eremita.

—Es que me da espanto.

—Y cuando vienes con tus amigos borrachos tarde por la noche, ¿no te da espanto?

—Es que ellos tienen años de experiencia, y Margo no —gemía la pobre.

—Margo —decía Olga María con serenidad—, me parece que esta calle no es preferencial.

Un frenazo para no estrellarnos, y a Dayana se le escapaba otro alarido.

El viejo de la camioneta murió repentinamente antes de acabar de cobrar las últimas cuotas de la camioneta, pero se llevó al otro mundo el secreto de sus famosos contactos. No nos quedó más remedio que inventárnoslos nosotras mismas.

Cuando nos convencimos de que nadie quería viajar con una persona de veinte que representaba quince, pusimos en práctica una idea de Beatriz, que resultó genial: Nos hacíamos contratar, dinero adelantado, haciendo de supuestas intermediarias de nuestro padre, un experimentado chofer que a última hora se enfermaba poco menos que gravemente, y no me quedaba más remedio que hacer yo el favor, llevando a los consternados viajeros hasta Santa Clara o hasta Holguín.

Mi camioneta se lucía, esa es la verdad, nunca me dejó varada con mi carga de gente, lo que habría mandado al diablo el negocio. En cambio, yo la abastecía de aceite, agua, gasolina, lo que me pidiera, y con generosidad. Llevaba repuestos de llantas y herramientas en el maletero. La acariciaba y le rezaba antes de cada partida para que se comportara debidamente.

Poco después contaba con una clientela fija de señoras que visitaban a los hijos en Las Villas, traficantes de viandas que se daban su vueltecita quincenal por las fincas de Ariguanabo y me obsequiaban, de ñapa, con malanga y plátanos; mujeres atormentadas que visitaban algún pariente preso en las cárceles del interior o a sus novios reclutados por el Servicio Militar.

Y esta clientela fija propiciaba otra, la de los viajeros ocasionales que se desesperaban en las terminales interprovinciales de ómnibus, y acababan arriesgándose conmigo y con mi camioneta, porque igual se hubieran arriesgado hasta con Frankenstein.

Por supuesto que los dueños de carros que vivían de aquel mismo negocio desde antes que yo naciera, desplegaban en torno mío una hostilidad velada apenas me veían aparecer. Ni más ni menos que si hubieran sido sicarios del Cardenal Richelieu.

Pero yo me desentendía y circulaba simpáticamente por entre los que aguardaban en las interminables listas de espera del transporte estatal, voceando: «*¡Nos vamos para La Habana, señores!*», y acababa atrayéndome a seis aturdidos pasajeros que sólo después de abordar mi nave y verse lanzados a la aventura, comprendían que arriesgaban el pellejo en las manos inexpertas de alguien tan joven y, para colmo, del sexo femenino. Igual ya no había remedio, así que se encomendaban al Jesús del Gran Poder y a la Virgen de Regla, y encima llegaban a la capital agradecidos al destino por haber sobrevivido.

Seis

Para ustedes, ¿qué es *Los Tres Mosqueteros*?, ¿una historia de aventuras o una historia de amor? Yo creo que, independientemente de la intención que haya tenido Alejandro Dumas al escribirla, es una historia de amor, porque... ¿ustedes saben cuánta gente se ama y se desama en esos dos tomos?

Escuchen, para que tengan una idea:

D'Artagnan amaba a la Señora Bonacieux y la Señora Bonacieux amaba apasionadamente a la reina.

La reina amaba al Duque de Buckingham, el Duque de Buckingham amaba apasionadamente a la reina y a cuanta puta se le pusiera por delante, el Cardenal Richelieu amaba a la reina y el rey se amaba a sí mismo.

Athos amaba a D'Artagnan; Aramis amaba a la Duquesa de Chevreuse. Athos amaba también a Milady y Milady amaba al tipo al que D'Artagnan suplantó después de dejarlo boqueando en una carretera.

La Señora Bonacieux amaba a D'Artagnan y D'Artargnan amaba a Athos.

D'Artagnan y Rochefort se amaban y se pasaron toda la novela demostrándoselo a acero limpio.

¿Quieren más?

Pues todo lo que les he contado de mi vida hasta aquí no son más que preliminares, porque esta es también una historia de amor.

Buckingham vio por primera vez a la reina Ana de Austria en la corte de España y D'Artagnan vio por primera vez a la de Bonacieux desmayada en un sillón de su casa. A los dos se les inflamó el corazón.

Yo vi a Paulibus por primera vez en la carretera de Alquízar y mi corazón tembló, se contrajo, gimió, convulsionó y quedó jodido para siempre.

Siete

¿Cómo describir a Paulibus?

Joven, casi tanto como yo; delgado, más que yo. La cara angulosa, pero aniñada. Cabello más bien largo, revuelto, libre a los embates del viento. Boca sensual, ansiosa de besar; ojos amarillo-dorados. El cuerpo, puro nervio, puro fleje, carnoso en algunas partes, justo donde un hombre debe ser carnoso.

Caminaba por la carretera haciendo dedo, a ver si alguien lo quería llevar. Estaba a punto de empezar a llover.

Me detuve y abrí la portezuela. Él vino a asomar la sonrisa tímida.

—¿Vas para dónde? —me preguntó con esa misma sintaxis retorcida.

—Para La Habana.

Asintió y subió de un salto. Echamos a rodar.

—Qué barbaridad, qué calor —dijo—. Hace más de dos horas que estoy caminando y nadie va para La Habana, todo el mundo se desvía hacia otros pueblos.

Enfoqué el rabillo del ojo hacia él:

—¿Tú trabajas por acá?

—¡Qué va! Vine por un asunto ahí. ¡Y qué calor!

—Pues quítate la camisa si quieres, no tengas pena.

Pero no quiso, era la mata del pudor.

Se llamaba Pablo, pero en su aula le ponían nombrete a todo dios. Lo apodaron Paulibus y salió bien parado, porque parece que a un pecoso le enjarretaron Noctiluca, y por Noctiluca lo seguían llamando al cabo de cinco años.

—Y tú, ¿qué haces por aquí?, ¿trabajas en el campo o estudias? Supongo que estudias.

Solté la risa.

—¿Qué edad tú me echas?

—Doce —dijo él casi seriamente—, no sé cómo no te detienen cada tres cuadras para pedirte los documentos.

—Tengo veinte cumplidos. Y aquí donde me ves, estoy trabajando. Soy chofer.

—¿De verdad?

Cuando supo que me ganaba la vida dando aquellos viajes, quiso pagarme.

—¡Estás loco! El trabajo es el trabajo y un favor es un favor. Estoy demasiado cansada para seguir trabajando por hoy. Desde las cuatro de la mañana estoy aguantándoles paquetes a los pasajeros. Te llevé porque me caíste bien.

—¡Caramba, gracias!

Media hora después teníamos suficiente confianza para que él me contara que la gestión que lo había llevado hasta Alquízar era delicada y desagradable.

—Es un lío —suspiró—. Resulta que una noche me trajeron a una fiesta y tomé más de la cuenta.

—¿Y?

—Parece que embaracé a una muchacha.

—Hummm.

—Te digo que yo no sé cómo pudo pasar. Debo haber estado borracho perdido.

—¿Por qué?, ¿es tan fea?

—No. Es bonita. Lo que pasa es que... —y no acabó la frase.

—¿Te vas a casar con ella?

—¡Qué va! La familia no quiere ni oír hablar de eso. Iban a hacerle un aborto, pero el médico no los dejó, porque la chiquita estaba con anemia.

—¡Mi madre!

—Eso quiere decir que el niño va a nacer.

—Dentro de nueve meses.

—¡No! Dentro de unos días. Y no lo quieren.

—¿Al niño?

—No lo quieren. E l viejo me amenazó: si no le doy mi apellido al fiñe, y me lo llevo, va a estrenar conmigo el machete que se compró para cortar la hierba de la finca.

—¡Vaya!, eso es una historia de horror.

Él asintió con cara de circunstancias.

Imaginé al guajiro viejo, curtido por los soles de Alquízar, cayéndole atrás a Paulibus, con su machete en alto.

—¿Y la chiquita tampoco quiere al hijo?

—Tampoco. Odia su barriga.

—¿Y tú qué vas a hacer?

—Me lo llevo cuando nazca. Es mío, en definitiva.

—¿Y estás seguro de que es tuyo?

Volvió unos ojos muy serios hacia los míos y quedé definitivamente flechada:

—De cualquier forma, es mío. No voy a dejar en la calle a una criaturita recién nacida.

—¿Y con quién vives tú?

—Solo.

—Es decir, que cero madre, tía o abuela que te lo críe.

—Así mismo. Él y yo. Solitos.

—Pues eres muy valiente, Paulibus.

Lo llevé hasta la puerta de su casa —vivía en La Víbora—, y me pidió:

—Bájate.

—Ah, no te preocupes.

—Sí, anda, bájate. Debes estar muerta del calor. En mi refrigerador hay refrescos y cerveza congelados, porque los dejé en la nevera.

Refrescos congelados y Paulibus formaban una combinación irresistible, así que me bajé.

La casa era bastante vieja y necesitaba algunas reparaciones, pero en general él la conservaba agradable. Nos adentramos hasta la cocina.

—Lávate la cara. ¿No quieres darte una ducha?

—¡No, hombre, no! Qué voy a estarte molestando.

Insistió. Así que me quité, debajo del chorro desaforado y fresco, el polvo del camino y las ganas de dormir.

Regresé a la cocina con el pelo mojado y el alma renovada.

Paulibus había dispuesto sobre la mesa una pequeña merienda con panes, jamón y mantequilla, a más de los líquidos previstos.

—¿No tienes familia o es que no te llevas con ellos? —se me ocurrió preguntarle.

—Murieron todos. Fue de lo más raro. Hace seis años lo que sobraba en esta casa era gente. No lo vas a creer. Todo empezó porque un primo que estaba viviendo aquí con la mujer y la niña, tuvo un accidente en su carro. Los tres se mataron. A continuación a mi abuela le falló el corazón y mi abuelo no duró ni tres semanas. Mi papá cayó con un derrame cerebral, y mi mamá no aguantó la anestesia durante una operación de peritonitis. Mi tía fue la última, también de infarto. Y todo ese proceso no duró más de ocho meses. Yo me quedaba despierto por las noches, mirando al techo, mientras calculaba de qué me iba a morir, porque estaba convencido de que no llegaba a ese treinta y uno de diciembre. Entonces una vecina que me tiene mucho cariño, porque su hijo mayor y yo nos criamos juntos aquí en el barrio, me llevó a ver a una santera. La negra me tiró los caracoles y me dijo que en esta casa había un envuelto grande. Que una queridita que mi primo había dejado, le había hecho un trabajo a mi primo con un palero, para matarlo. Pero yo creo que al palero se le fue la mano. Bueno, la santera me despojó con unas hierbas ahí, y me dio como cinco baños, y después vino a la casa y la limpió con más hierbas y con oraciones. Debe haber surtido efecto, porque sobreviví. Pero es muy duro, muy duro, verte solo de la mañana a la noche.

—Terrible, oye. ¿Y si te enfermas o algo?

—Bueh, los vecinos siempre están al tanto. Son vecinos de muchos años, muy buena gente.

Si me demoraba otro poco allí, le iba a caer a mordiscos y a besos, porque cada minuto que pasaba me gustaba más. Así que nos despedimos hasta el próximo domingo y me fui, flotando dentro de mi camioneta.

Ocho

Un par de días que se demoraron todo lo que les dio la gana y ya era domingo de nuevo.

El domingo era el día de la locura en nuestro cuarto. Beatriz odiaba los domingos y se los pasaba tirada en la litera, con Schopenhauer o Thomas Mann entre las manos, rumiando malas palabras y fumando más que nunca.

—Te tuberculizas de lo que no hay remedio —le decía Olga, que usaba los domingos para chapistearse, es decir: sacarse espinillas de la nariz, lavarse el pelo, pulirse las uñas, etcétera. Porthos y ella hacían alianza para el progreso y se auxiliaban en tales menesteres.

Por lo común esa tarde Dayana tenía la cita más importante de su vida, y se restregaba debajo de la ducha durante una hora, se perfumaba de pies a cabeza y estrenaba algún vestido.

Una vez, a Dayana se le ocurrió decirle a la demente de la litera y Schopenhauer:

—Tú lo que tienes que hacer, ¡y rápido!, es buscarte un marido, a ver si se te va un poco esa amargura.

Y a continuación pasó algo terrible: Beatriz se le abalanzó al cuello, se lo apretó, y Dayana sacó media vara de lengua tratando de respirar. Creo que si Olga María y yo no tomamos cartas en el asunto, la estrangula. Después a la matancera le dio un ataque de llanto. Estuvo llorando por más de dos horas, hasta que Olga le hizo un cocimiento de tilo y yo me senté con ella a la fuerza —porque no quería a nadie a su lado— a pasarle la mano por la cabeza pelirroja. Remedio santo: después de aquello, nadie volvió a mencionar jamás la palabra *marido* en relación con Athos.

Pues en este otro histórico domingo de mi vida de gimnasta arrepentida, D'Artagnan —o sea yo— se acicaló, después de lavar la ropa de la semana, y se encasquetó la gorra sobre las mechas color de miel, que ya rebasaban las orejas. Parecía como nunca un chiquito, uno de esos chiquitos medio delincuentes que paran a los turistas para tratar de cambiarles dólares.

Mis tres mosqueteros sabían que me iba a una cita de amor probablemente no correspondido, y se esmeraron: Olga me limpió la cara con crema, Dayana me untó de su mejor perfume caro y Beatriz puso en mi bolsillo treinta pesos:

—Nunca se sabe, gato flaco. A lo mejor lo tienes que invitar a alguna parte.

El día anterior yo me había sacado el bofe abrillantando la camioneta, y ahora sus costados parcheados relumbraban, en consonancia perfecta con mi estado de ánimo. Así que allá nos fuimos, radiantes las dos, bajo el cálido sol de la tarde; ella traqueteando un poco, y yo canturreando eso que dice «*When the moon is in the seven house... and Jupi-*

ter...». Bramando «*¡Acuarius!*» con un entusiasmo digno de mejor causa.

Y cuando pasé por la Esquina de Toyo, paré un momento para comprar un gran ramo de rosas con el dinero que Beatriz me había dado.

Nueve

Paulibus abrió la puerta y ahí estaba yo: en una mano mi gorra y en la otra los doce príncipes negros amarrados con una ridícula cinta amarilla. Él se rió y me dio las gracias. Puso las rosas en un jarrón.

Inicié el ataque después del segundo té:

—Paulibus, ¿tienes novia?

Me miró con toda la inocencia de sus ojazos dorados:

—No, claro que no.

Empecé a retorcer la gorra.

—Yo... La verdad es que no tengo mucho que ofrecerte. La camioneta da bastante para vivir. Comparto un cuarto en Centro Habana con tres muchachas. Este es mi único pantalón y estos mis únicos zapatos. Pero soy muy seria y responsable. Yo... Tú me gustas, me gustas muchísimo.

—¿No te parece que es demasiado pronto? —dijo él.

Levanté la cara para fijarme en la suya. Algo lo estaba preocupando, pero no supe qué podía ser.

—¿Pronto? Puede que sí. ¡No sé! Puede que no. Uno no se enamora cuando está programado en la agenda. Se enamora y ya. Perdóname si ha sido un poco brusco. Es que los flechazos son como son y no como uno quiere.

Entonces aquella maravillosa criatura me esquivó la mirada.

—Hay alguien —musitó tan bajo que por poco no me entero.

—¡Alguien! —repetí, y yo misma no podía creer lo despanzurrado que sentía el corazón. La verdad es que no entendía por qué me estaba dando tan fuerte aquel flechazo de porra, ni por qué una negativa de Pablo era capaz de hacerme polvo—. ¿Quién es ella?, ¿puedo conocerla? ¿Te quiere o está pasando el rato contigo? Yo puedo pagarle para que desaparezca. ¡Puedo cortarle el cuello! Paulibus, ¿quién es ella?

El silencio de un domingo en La Víbora nos reveló a los árboles de la acera meneando sus ramajes y los pitidos de los carros, lejanos y misteriosos igual que en un sueño.

—Por favor, Paulibus.

Él tomó una decisión. Me miró valientemente:

—No es ella. Es él.

Peor. Mucho peor. Yo puedo competir con una puta en tacones o con una honrada chiquita de pantalones bien puestos, como los míos. Pero no puedo competir con un tipo que tiene huevos, tiene pito y se afeita. Por más que quiera, no puedo. Y esto de poder o no poder acabó remitiéndome a la gimnasia artística, a mi antiguo novio y hasta a Hamlet con el cráneo de no sé quién en la mano. La gorra ya era un guiñapo entre mis dedos.

¿Qué habría hecho D'Artagnan en este caso? Pero ni modo, ese hijo de puta de D'Artagnan era un suertudo: todas se le daban, hasta la reina. Increíble.

Contemplé el pelo revuelto de Paulibus enmarcando su cara angulosa. Me dio rabia que me gustara tanto. No iba a poder sacármelo de la cabeza en mil años, estaba segura. Sentí ganas de caerle a bofetones y maltratarlo, pero cómo podía levantar mi mano endurecida por el timón de la camioneta contra esta criatura delicada. Primero muerta.

—Paulibus, me parece que hasta te amo. Y oye, te juro que yo no he amado nunca.

Ahí estaba yo, estremecida, sin el recurso de poder retar a muerte a mi desconocido rival.

Las manos de Paulibus me tocaron con tibieza. Quiso abrazarme, quiso apretarme contra su pecho, pero me alejé. Todo menos su lástima.

D'Artagnan se puso la gorra: digno, aunque desolado, salió de la casa a buen paso, entró a la camioneta y arrancó.

—¡Margo! —llamó él detrás de mí.

No me detuve.

En el cuarto de Centro Habana no había nadie. Así que me desplomé en la litera y sollocé mis primeras, requete-absurdas y trascendentales penas de amor.

Diez

Claro que en cuanto pusieron un pie en el cuarto se dieron cuenta, aunque yo no dije esta boca es mía, y se quedaron fascinadas con la idea de poder participar del melodramón.

Rodearon mi litera y me conminaron a que me confesara:

—Habla, Margo. No te quedes ahí con esa cara de mierda —dijo Porthos abriendo mucho los ojos maquillados.

—Habla, hija, lo que sea tendrá remedio —dijo Aramis con su voz de oso de peluche.

—¡Habla, gato flaco, y no te des más lija! —dijo Athos descabezando una caja de cigarrillos.

—No tiene remedio —gemí—, soy una desgraciada. Nadie me quiere, nadie me mira. Debieron haber dejado que me ahogara en la bahía.

—No digas esa barbaridad —Olga María me cobijó entre sus brazos y me meció igualito que a un muñeco.

—El mundo está lleno de hombres —filosofó Dayana—, y a este imbécil, para colmo, lo acabas de conocer. ¿Sabes a cuántos más te vas a tropezar en cualquier esquina pasado mañana?

—Sí, pero yo a quien quiero es a Paulibus.

Beatriz suspiró ostensiblemente:

—Dime si tengo que ir a hablar con él o si tengo que patearlo.

Negué con la cabeza:

—Él no tiene la culpa, Beatriz. Soy yo. Es que ya está comprometido.

Para consolarme, no se les ocurrió nada mejor que llevarme a la Cinemateca a ver el *Romeo y Julieta* de Zeffirelli. Lloré tanto que por poco hay que pasarme sueros a la salida del cine.

Once

El lunes hice un viaje a Varadero, y durante todo el camino me limité a gruñir y a escupir por la ventanilla. De regreso, no recogí pasajeros. Estaba perdiendo dinero y lo sabía, pero no me sentía capaz de soportarle idioteces a nadie más por ese día.

Cuando llegué al cuarto, Olga María levantó la mirada del arroz frito que improvisaba en una sartén sobre una de las hornillas eléctricas:

—Estuvo por aquí.

—¿Quién?

—Tu famoso Pablo.

Me quedé desconcertada hasta que recordé haberle hablado de la dirección aproximada del edificio en que vivíamos.

—¿Y cómo nos encontró?

—Parece que preguntó de puerta en puerta.

La conciencia de su encantadora persistencia no hacía más que rasgarme por dentro el pecho, tan lastimado ya de por sí.

—¿Qué fue lo que te dijo? —musité con una astilla de voz.

—¿Tú estás segura de que no le gustas ni un poquito, Margo?, ¡porque esa no fue la impresión que me dio!

—Olga, no me hagas tener esperanzas —le pedí, conmocionada—, porque va a ser peor.

—Bueno, yo te digo lo que vi.

Me dejé caer en la silla menos desfondada, con la gorra colgando en el extremo de mi mano lacia.

—¿Qué te dijo? ¿Estuvo mucho rato?

—Te dejó recado de que fueras por La Víbora.

—Pues no pienso ir.

—Hija —Aramis puso un plato de aluminio sobre el arroz y me enfrentó con gravedad—, en amor nunca se sabe cuándo se gana ni cuándo se pierde. Y tú, en este caso, no tienes mucho que perder. ¿O sí? —Y mirándome con una chispa de malicia en los ojos—: Margo, ¿alguna vez te has acostado con alguien?

—Nunca —suspiré.

Los había acariciado en sueños, los había desnudado apasionadamente en las fotos de las revistas, los había deseado hasta agotarme en la oscuridad de los cines, pero en carne y hueso, jamás de los jamases se me dio la oportunidad.

—¿Y tú? —reposté

Ella se puso roja.

—Nunca —confesó.

—¡Vaya!, y hace un momento dabas la impresión de saber mucho de esos asuntos.

—El amor es una cosa y la cama otra. No siempre tienen por qué venir unidos —dijo muy convencida.

Yo pensaba de otra forma, pero no estaba para discutirlo.

—¿Qué voy a hacer, Olga?

—Ir a verlo.

—¿Tú crees?

Dayana y Beatriz pensaron lo mismo cuando aparecieron, muertas del cansancio y del calor, recién salidas de sus respectivos trabajos.

—Tú déjalo hablar, a ver qué es lo que tiene que decirte —me aconsejó Dayana mientras se sacaba a tirones la ropa para meterse al baño.

Beatriz, que había cogido la delantera y ya se estaba duchando, sacó su cabeza por la puerta entreabierta:

—A lo mejor puedes llegar a un acuerdo con él, gato flaco.

—¡Yo no hago acuerdos con nadie! —dije rechinando los dientes con belicosidad—: Lo quiero mío y de nadie más.

Doce

Me cambié de pulóver y, sin preocuparme por alisar aquellos pelos míos revueltos, enfilé la camioneta hacia La Víbora.

El Paulibus que me recibió tenía ojeras. Quise hacerme la ilusión de que era por mi causa.

—Podemos ser amigos, Margo —comenzó, y por mal camino.

—Yo no tengo amigos entre la gente que me gusta —le gruñí—. ¿Es que me quieres torturar, o qué?

—Ven —pidió—, no te quedes ahí en la puerta.

Me deslicé hasta una de las butacas de la sala. Ni siquiera me quité la gorra.

—Margo —dijo él, luego de un momento de recogimiento—, no puedo negar que me gustas y que no te puedo sacar de mi cabeza. Pero yo nunca estuve con una mujer.

—Ah, ¿no?, ¿y el niño de Alquízar?, ¿llegó a través del Espíritu Santo?

—Yo estaba borracho, borracho perdido. Ni siquiera estoy seguro de lo que pasó esa noche. A lo mejor me lo quisieron achacar a mí para salir del paquete.

—Está bien, Pablo. No tienes que darme explicaciones, ¡a ti qué más te da que yo viva o muera!

—Me importa. —Lo miré y parecía tener húmedos aquellos hermosos ojos donde se reflejaban paisajes dorados—. Me importas.

Empecé a temer que se me paralizara el corazón:

—¿Tú estás seguro?, ¿estás bien seguro de todo eso de que te gusto y te importo?

Pero él no se quería arriesgar a decir un sí ni un no. Miró al piso.

—Quiero a Arturo. Lo amo.

—¡Ah!, ya.

—Ayer le hablé de ti.

Me quité la gorra y por poco la rasgo en dos:

—¡Si piensas que me vas a usar para darle celos...!

—¿De qué tú hablas? No soy de ese tipo de gente.

—Pablo, ¿sabes qué? No quiero saber lo que te contestó ese tal Arturo, ¡no quiero oírte!

—Y a él le dio un ataque. Es que estamos empezando una relación.

—No quiero oírte —repetí.

—Se puso... furioso.

—¡No quiero oír...! —No acabé de pronunciar la frase, porque me di cuenta de pronto de que Pablo tenía un morado en la mandíbula, medio tapado por la pelambre.

De manera que aquel tal Arturo, aquel miserable abusador, esa porquería de tipo, se daba el lujo de pegarle.

—Lo voy a matar —dije.

—¿Por qué?, ¿por esto? ¡Ah, Margo, no! Después me pidió perdones miles de veces. No sabía cómo arreglarlo. Estaba desesperado.

—Lo voy a matar —repetí.

Y a D'Artagnan le temblaba la espada en el puño.

—Margo. —Pablo se echó hacia delante en su asiento y puso la zurda sobre mis dedos engarrotados por la rabia. Fue igual que si me pasara un corrientazo—. Óyeme, por favor.

Los aprendices de mosquetero tenemos un límite, y pasada esa barrera no respondemos de nuestras acciones. Así que lo agarré y lo besé. Y él, el muy maldito, se dejó besar ¡y devolvió el beso!

Mi escuela de besar es limitada. Tuve dos maestros mediocres, que fueron el flaco de aquellas vacaciones y mi exnovio. Pero mi vocación es tremenda: pasé la lengua por sus dientes, chupé su saliva y me adentré, como si aspirara a clavarle los colmillos en las vísceras, que ganas no me faltaban. Y Paulibus se enganchó de mi boca con ganas. A partir de segundo y medio, no tenía más que la nariz para respirar, y de manera precaria, porque mi nariz se la obstruía, pero no me soltaba, ni yo a él.

Una candelada alarmante empezó a arder en mis muslos y mi pecho; el calor invadía mi arrasada virginidad. Lo atraje de malos modos. Un segundo corrientazo debe de haber puesto hirsutos los mechones sobre mi cráneo.

Por fin, jadeando, él se soltó.

—Conque nunca has estado con una mujer —le recordé.

—Te lo juro. Nunca.

—Pues yo te gusto, Pablo. Y yo no soy un camello.

Soltó la risa a su pesar. Estaba aturdido.

—Me voy —dije

Me retuvo en el umbral:

—Margo.

—¿Has sabido algo más de tu niño? —le pregunté por cambiar de tema.

—No.

—¿Cuándo es que nace por fin?

—Faltan como cuatro días.

—¿Le has podido comprar algo?

—Lo que conseguí en la tienda de Alquízar, que no fue mucho. Imagínate, yo no sé coser ni tejer. ¿Quieres ver lo que le compré?

Me daba lo mismo, pero un mosquetero siempre es caballeroso con la persona a la que ama, así que lo seguí hasta su cuarto.

Volcó sobre la sobrecama el contenido de un maletín: camisitas con filo de encaje, pañales, tetes, sonajeros y perros de goma. Manoseaba todo aquello con un amor que me enterneció y acabó de deprimirme.

—Va a ser lindo, ¿no?

—Durante mucho tiempo no volverás a dormir por las madrugadas —me limité a comentar, sombría.

Trece

—¿Y por qué iba a quererme? —le dije esa noche a Beatriz, sentada a los pies de su litera, en la oscuridad, porque las otras ya dormían—. Tiene de sobra a quien querer: Arturo y el hijo. Cuando el niño esté en su casa, no le va a dar tiempo ni de respirar.

Athos fumaba, la punta roja del cigarrillo trazaba figuras disparatadas en la penumbra.

—Uno puede querer a miles de gentes al mismo tiempo, Margo. No te cierres de esa manera. Uno quiere a su padre y a su madre y a sus hermanos, y a su pareja y a sus amigos. Cada amor es distinto al otro. Hay quien tiene mujer y tiene amante, y las quiere a las dos.

—Yo no quiero ni a mi padre ni a mi madre ni a mis hermanos —le contesté—. A ustedes tres, y para de contar.

—Sabes que no es verdad, gato. —La voz de Beatriz se suavizaba increíblemente, obligada a susurrar para no despertar a los dos mosqueteros restantes—. Quieres a tu familia como todo el mundo. Lo que pasa es que tienes que darte tiempo a que las heridas se curen.

—No hablemos de mi familia, Beatriz, no quiero tener pesadillas.

—Bueno. Volvamos a Pablo. ¿Ya conociste al otro?

—No. Ni pienso hacerlo.

—¿Tú ves? —El cigarrillo hizo varios ochos en el aire y chisporroteó un momento entre los labios de la matancera—. Eso es un error de tu parte.

—¿Por qué?, ¿es que quieres tener que ir a visitarme a la cárcel?

—¡Mentira! No lo matas ni nada. Necesitas calibrar al enemigo, gato flaco: Al enemigo hay que conocerlo para poderlo vencer.

—Me duele, Beatriz, ¿tú lo entiendes?, ¿puedes entender eso?

—Sí —dijo ella con una pena infinita, más suave que nunca—. Sí lo puedo entender. Yo soy una persona, gato, aunque a veces parezca lo contrario. Pero tampoco vamos a hablar de eso ahora.

—¿Se querrán callar? —dijo Dayana de mal humor—, ya me han despertado tres veces, carajo.

—Lo mejor que puedo hacer es dejar de verlo ¡y ya! —hablé con un soplo de voz—. No vuelvo más a esa casa aunque él venga miles de veces a buscarme.

—¿Y dejarte vencer? —dijo Athos blandiendo el cigarrillo—. No, porque no te lo vas a perdonar nunca. Tú te pareces a mí en esas cosas. Lo intuyo.

—Estoy sufriendo, Beatriz.

—Y más vas a sufrir si me levanto de esta cama a partirte la cabeza —dijo Olga María desde abajo de su sábana—. Señoras: una tiene que levantarse al amanecer, vayan a hablar al parque del Capitolio, no sean desconsideradas.

—¡Por Dios, que ustedes se acuestan con las gallinas! —protestó Beatriz.

—Mañana voy a tener bolsas debajo de los ojos —gimió Dayana.

—Tú siempre tan trágica, Dayana: vete a la mierda.

Bajamos al Capitolio, que erguía su mole blanca entre las palmeras y los árboles del parque. Por lo menos allí había fresco.

Nos acomodamos en el muro bajísimo que bordea la zona de césped, y miramos los paraguas de enfrente con ojos soñadores.

—Qué porquería, se me quedaron los cigarros en el cuarto —dijo Athos.

—En cualquier momento te vas a quedar sin los pulmones.

—Qué más me da. La vida es una complicación tan grande, gato. La vida es de ampanga.

Estiré mis piernas enfundadas en las perneras del *jean* y me di palmadas sobre las pantorrillas duras por la gimnasia artística.

—Tener veinte años es un desastre, Beatriz, vieja.

—Pues no te hagas ilusiones. Yo tengo cuatro años más que tú y estoy por el estilo. Estar vivo es un desastre. Pero morirse es peor.

Suspiramos a dúo.

Catorce

No tuve que ir a buscar a Arturo, fue él quien me buscó a mí. Osado el individuo. A lo mejor se creía que yo era poca cosa.

Los tipos están mal acostumbrados a tratar con desprecio a las mujeres, y más cuando ellas parecen chiquitos debajo de una gorra.

Juro que no los entiendo: por una parte se la pasan esperando a que seamos vírgenes, y por la otra nos miran por encima del hombro, porque según ellos somos tan idiotas. Si eso no es un contrasentido, no sé qué lo será.

—Tú eres Margo, ¿no? —me dijeron.

Volví el rostro y miré a un tipo que estaba buenísimo. Un trigueño musculoso de ojos claros, con el pelo lacio cayéndole encima de la frente, dentro de un *jean* percudido y apretado. Y con cara de noblón, la verdad es la verdad.

—¿Por qué? —Presentí quien podía ser—. ¿Me parezco a alguna Margo que tú conoces?

Sonrió:

—Yo soy Arturo.

La mirada se me debe haber enturbiado. Apreté la barra de hierro que tenía en la mano, que era la que le ponía en la boca a mi camioneta cuando le revisaba el tripaje, y a él no se le escapó ese detallito.

—No vengo de malos modos —me advirtió.

Pero yo sí que estaba de malos modos.

—Ah, ¿no? A mí me vienes a ver a lo suave, pero a Pablo sí que le zumbas su galletazo, porque parece que Pablo es un infeliz que te aguanta villas y castillas.

—Eso a ti no te importa —dijo secamente.

—Pues sí me importa, ¿qué te parece?

Me dejó un rato los ojos encima.

—Si yo te toco con la yema de un dedo, te desaparezco, niña.

Antes me habían dicho *niña*. Mi madre lo agregaba al final de algunos de sus *slogans*, por ejemplo. Mi padre me llamaba así cuando estaba de buenas. Mis maestras de primaria me recriminaban chillando: «*¡Niñaaa!*». Hasta mi exnovio, ese grandísimo degenerado, me lo soltó alguna vez. Pero nadie lo había pronunciado nunca delante de mí con aquel acento de conmiseración y ofensa.

Señores, los aprendices de mosquetero somos de cuidado: D'Artagnan sacó su espada, lo que equivale a decir que blandí la barra de hierro. En los rasgos de Arturo se encendió una especie de alarma, extendió el brazo y me aferró por el mío, partiéndomelo casi.

—¡Estás loca! —musitó.

—Suéltame, imbécil —le silbé, igualitica a una culebra ansiosa de envenenarlo—, ¡suéltame, porque por mi madre que te velo para romperte la cabeza!

No le di miedo, qué caramba. ¿Qué efecto podía hacerle mi estampa de grillo junto a la camioneta? Pero me soltó.

—Si sigues así, te vas a meter en muchos líos —me dijo sin demasiada acritud—. ¿Por qué estás tan agresiva, ah? Yo solo vine a hablar.

Hubiera dado lo que me quedaba de existencia por tener medios y posibilidades de descuartizar a varias gentes. Me sentía humillada hasta el extremo. Y le entré a patadas a la camioneta, que en definitiva no me había hecho más que quedarse sin aceite. Él me contemplaba, pasmado.

Quince patadas más tarde, logré tranquilizarme y recordé los consejos de Beatriz.

—Vamos —lo invité—, nos sentamos en algún quicio por ahí y me dices lo que tengas que decirme.

Caminamos hasta unos peldaños en las afueras de un edificio.

—Paulibus me habló de ti.

—Lo sé.

—Él se cree que está enamorado.

Doblé con tanta violencia el cuello para observar a Arturo, que por poco me provoco una luxación.

—Pues eso no fue lo que él me dijo.

—Pablo y yo llevamos más de tres meses juntos. Y nos iba muy bien. No te metas por medio. La Habana está llena de hombres, ¿por qué te vienes a encaprichar precisamente con Pablo? Hazme el favor y no vayas más a su casa. ¡Conste que no te lo estoy diciendo en mala forma! Yo no te conozco, y no tengo nada contra ti. Vine a hablar contigo como personas civilizadas que somos.

Me pareció un bonito discurso.

—¿Pues qué quieres que te diga?, ¿qué lo siento? Tenías que haberle puesto a Pablo un letrero que dijera *parqueo privado*.

Él soltó una media risa, me miró y soltó la risa completa.

—Eres un caso. ¿De verdad que me querías matar?

—Te voy a matar en cuanto me des un chance —le dije, y en ese momento sentía que era la pura verdad.

—¿No te han dicho nunca que tienes una cara preciosa?

Al muy desprevenido se le ocurrió tocarme los mechones que sobresalían de mi gorra. Impulsé el puño y le partí una ceja. Se quedó tan sorprendido, que aproveché para partirle además la boca. Hubiera podido seguir, porque me encantaba la idea, pero él apresó mis dos muñecas en un aro de concreto que formó con cuatro dedos. Me estaba lastimando, pero no moví ni un músculo.

—¡Pero es que eres una fiera!

—Me puedo defender —dije con modestia.

—¿Te vas a estar quieta, para soltarte? No sé por qué te pones así. Yo sólo vine a hablar.

—Pues estás perdiendo el tiempo.

Soltó el círculo de concreto y me pregunté si al día siguiente podría valerme de mis manos para llevar pasajeros hasta Batabanó. Las froté, con una mueca.

—Si te hice daño, lo siento.

—Ah, vete al carajo —le dije.

Y me fui, decidida a terminar con Pablo y con toda su parentela.

Tuve marcas oscuras en las muñecas por más de veinte días.

Quince

Arturo vino a buscarme al cuarto el viernes por la tarde, pero yo andaba por Santa Clara. Y el sábado estaba ahí de nuevo.

No podía explicarme qué es lo que hacía Arturo en el umbral, delante de mis tres mosqueteros, que esperaban a ver cómo se desarrollaba la escena, un tanto suspicaces. Por nuestras caras, él se pensaría que éramos una banda de energúmenas.

—¿Qué fue? —le pregunté con voz de «métete conmigo y ya verás lo que es bueno».

—Pablo me manda a buscarte.

—¿Y eso? —Me alarmé—, ¿le pasó algo?

Movió la cabeza a uno y otro lado:

—Es que le trajeron al niño, y dice que quiere verte.

Había venido en motocicleta, pero insistí en llevar mi propio transporte.

—Ven detrás de mí, si quieres.

Él no estaba de malas pulgas. Tenía como una pesadumbre, pero no rencor.

—No —contestó—. Voy contigo en tu camioneta y después paso a recoger la moto. ¿La puedo dejar en el pasillo?

—Bueno. Pero si piensas atacarme dentro de la camioneta, te advierto que choco y nos hacemos pulpa los dos.

—¿Qué?, ¿tengo aspecto de matón?

Acomodó la moto junto a nuestra puerta, y partimos.

—Está mal —dijo él.

—¿Quién?

—Paulibus. Es que es tremendo sentimental.

—¿Y no quería al niño?

—Claro. Está feliz con eso. Pero de todos modos anda mal.

Eché una ojeada rumbo a su perfil, que cambiaba de penumbra a destellos rojizos y se perdía luego en una maraña de claroscuros a medida que cruzábamos bajo los anuncios y las luces de los semáforos y las farolas. Era un perfil muy hermoso.

—Yo no lo pienso dejar —dijo Arturo.

Curiosamente, no había desafío en el tono con que lo decía. Parecía estar pensando en voz alta.

—¿Lo quieres tanto?

La pregunta más idiota que alguien haya pronunciado nunca al volante de una camioneta. Ni siquiera me contestó.

Dieciséis

Paulibus apareció en la puerta del dormitorio con su envoltorio de pañales en brazos y aspecto de cumpleaños.

—Míralo, ¿no es un tesoro?

Me asomé al envoltorio. El tesoro era uno de los bichos más feos, hinchados, calvos y colorados que hubiera conocido yo en veinte años.

—Es de lo más bonito —opiné con hipocresía.

—¿Quieres cargarlo?

—¡No! —Me dio pena y lo suavicé un poco—: Es que me da terror. Nunca he tocado a un bebé.

Él pasó el índice por el cráneo de aquel monstruo diminuto.

—Se va a llamar Wolfgang Amadeus.

—¿Cóoomo?

—Así se llamaba Mozart.

Me agarró un ataque de risa:

—¡Por Dios, ni se te ocurra! ¿Tú te imaginas cómo le van a decir en su aula cuando vaya a la escuela? Se van a dar banquete con él.

—Ya es tarde —dijo Arturo—, ya lo inscribió con ese nombre.

Tuve un impulso mezquino. Dije:

—¿Y si la madre te lo quiere quitar alguna vez?

Paulibus crispó la boca y estrechó el envoltorio contra su pecho:

—Es mío. No me lo va a quitar jamás. Es mi hijo.

Asentí lentamente:

—Ya veo.

Amadeus se acababa de mojar, y a Pablo con él. Arturo se dio a la tarea de cambiarle los pañales. Lo hacía con tanta torpeza que era un milagro que el niño no se convirtiera en un nudo de brazos y piernas.

—¿Te da mucha guerra o es tranquilo?

—Nos turnamos para atenderlo —dijo Arturo—. Estoy de vacaciones y me quedo aquí para ayudar.

Punto de más para él y de menos para mí. Contemplé a aquellos dos apasionados padres mientras se afanaban en torno a la criaturita.

—¿Y cuando se acaben las vacaciones de Arturo?

—No sé —dijo Pablo—. Hablé en mi trabajo, pero no me quieren dar licencia. Dicen que no pueden, que no hay leyes de licencia de paternidad, sólo de maternidad.

—Pero ¿tú no les explicaste el caso?

—Sí, pero dicen que la ley es la ley.

—Son unos desgraciados hijos de puta —dijo Arturo—. ¿A ellos qué más les da?

—Tendré que pedir una licencia sin sueldo.

—Y no tendrás ni para comprar la leche de Mozart —dije.

Arturo me lanzó una mirada malhumorada:

—Mientras yo gane un centavo, ni a Pablo ni al niño les va a faltar nada.

—Es que yo también gano mi plata —dije—. Puedo dar algo.

—No. Y no lo tomes a mal, Margo. No te llamé para pedirte dinero —dijo Pablo.

Los miré con unas ganas súbitas de llorar, a los tres: dos san José junto al pesebre del recién nacido. Sólo faltaban las vacas, las ovejas y los pastores. Yo, ni de virgen podía hacer.

Tampoco es que me interesara ese papel, la verdad.

—El niño es una belleza —mentí.

—Tenemos que hablar, Margo —dijo Paulibus.

Dejamos a Arturo ocupado con Mozart en el dormitorio, y nos sentamos en la sala.

—Qué fue, Pablo.

—No volviste a venir por aquí.

—¿Arturo te contó que él sí que fue a verme?

—Sólo pretendía hablar contigo, Margo. Él me quiere y es incapaz de hacerte daño.

—Hay otras opiniones al respecto. Pero de todas formas no dejé de venir porque le tuviera miedo a Arturo. Es que necesitaba acabar con esta situación. No tiene sentido. ¡Es tan loco todo!

A pesar de estar pasando malas noches por el niño, Pablo seguía siendo una criatura bellísima. Un poco más delgado, pero con su encanto habitual. Y el aprendiz de mosquetero habría dado varias vidas por tenerlo.

Qué cosa tan disparatada es el primer amor. Yo adoraba aquellos pelos de él sin peinar, y su aspecto demacrado y desamparado de padre primerizo, su cuello largo y sus hombros debajo del pulóver.

Quería acariciarlo como a un gato mimoso. Quería protegerlo y salvarlo de no sé qué.

—Pero te adoro —se me escapó.

Empezamos a besarnos igual que la primera vez, sin pensar en Arturo. Y Arturo estaba, por suerte, ocupado con la alimentación del futuro compositor de música clásica.

—Margo, no me dejes —me pidió mi flor.

Lo estrujé como solía hacer con mi gorra:

—Te adoro, Paulibus. Me llevas al desastre.

Cuando decidí despedirme fue porque ya no podía más.

Diecisiete

Arturo regresó conmigo en la camioneta para recoger su moto, y durante la mayor parte del viaje no pronunció una palabra, parecía la mismísima estampa de la pesadumbre.

Estábamos a punto de llegar a la zona del Capitolio cuando me espetó:

—Él dice que le gustas mucho, que lo de él contigo fue amor a primera vista.

—Eso es lo que él dice —le contesté.

—Te quiere —insistió—, ¿por qué piensas que lo nuestro se está yendo al diablo? Ahora todo es un desastre en la cama.

—¡Ahórrate el comentario! —gruñí mientras aceleraba para dejar atrás a un Lada que iba a paso de tortuga—, ¡no me interesa saber lo que ocurre entre ustedes!

Pero Paulibus y él estaban cortados por la misma tijera: te podías desgañitar gritando que no te interesaba oírlos, y ellos seguían como si nada:

—Anoche, después que el niño se durmió, aprovechamos para hablar. Paulibus no quería que lo tocara ni que lo besara. Y cuando lo amenacé con irme y no volver, me dijo que yo era el hombre de su vida, ¿quién lo entiende?

—A lo mejor está así por lo de Mozart.

—No. Ya todo se había empezado a complicar desde antes. Es por ti, todo es por culpa tuya.

—Pues lo lamento, pero no creo que eso te sirva de mucho. Lo que pasó, pasó.

—Y no lo pienso dejar, no señor. ¡Primero lo mato!

Yo no estaba de ánimo para ponerme a discutir, así que le dije, como si se tratara de una idea de lo más original:

—Puedo hacerles el favor de desaparecerme de una vez por todas, y los tres nos quedamos en paz.

Pero parece que él estaba disfrutando el numerito del amante trágico:

—¡Qué más da! Ya el daño está hecho.

—¿Y qué carajo quieres entonces que haga, Arturo? —me exasperé—. ¿Se te olvidó que fuiste tú quien vino a buscarme?

Fui a parquear sin fijarme en lo que hacía y embestí a un par de imbéciles que iban cruzando la calle demasiado entretenidos en su conversación. Di un frenazo bestial; a los imbéciles no les pasó nada, pero nosotros nos fuimos de cabeza contra el parabrisas. Gracias a todos los santos, nuestros cráneos demostraron ser resistentes y los tipos aquellos siguieron su camino y ni se les ocurrió reclamar.

Pero del susto, Arturo y yo nos quedamos de lo más sedados. Amabilísimos:

—Margo, déjame el timón y te parqueo la camioneta.

—No te preocupes. ¿Por qué no entras al cuarto y te tomas un café con nosotras?

—Te lo agradezco, pero no quiero que se me haga más tarde. Mañana temprano voy a recoger una cuna que nos prestaron.

—Pues yo mañana no tengo que dar viajes. Te puedo acompañar y recogemos la cuna en la camioneta —le dije.

—Está bien. Gracias. Paso a buscarte.

Dieciocho

Mis mosqueteros también tenían sus problemas.

En el cuarto de Centro Habana todo el mundo parecía haberse puesto de acuerdo para arrastrarse de la angustia:

Olga María se acababa de enterar de que querían reducir la plantilla de la revista para vacas y temía quedar fuera.

Dayana se estaba enamoriscando de un amigo importante, poco más joven y menos repugnante que los otros, pero al igual que todos sus amigos, este era casado y ni soñaba con renunciar a su matrimonio por una tonta que se embarraba de dorado los párpados.

Beatriz andaba sencillamente monstruosa y no pensaba contarnos el por qué, tú le dirigías la palabra y ni te miraba. Y si te miraba, era para insultarte.

Hice café y olvidé ponerle azúcar. Me trataron igual que a una cucaracha particularmente insidiosa. Así que estrellé la cafetera contra el piso, a riesgo de quebrar las pocas losas que nos quedaban sanas, y salí a caminar un rato.

¿Alguna vez han salido por ahí cuando sufren por amor? A esa hora, media humanidad tiene pareja, y todos se besan y se acaramelan en los parques y las colas del cine.

Athos, Porthos y Aramis me habían prohibido terminantemente acercarme al muro del malecón, pero fui, porque al fin y al cabo a mí el malecón no me había hecho nada. Subí al muro y me tendí de espaldas, de cara a las estrellas. Me relajé y me dormí.

Tuve un sueño raro, desconcertante: en el sueño Arturo y yo íbamos en mi camioneta, volando, de noche. Llevábamos la cuna para Mozart. Y de pronto me viré hacia Arturo y lo besé. Como lo están oyendo: lo besé con unas ganas que me dejaron sin aliento.

En eso me zarandearon por un brazo y desperté. Un policía me estaba iluminando con su linterna:

—Te vas a caer de ahí —me dijo.

Resoplé y me senté, parpadeando.

—¡Qué va!, si el muro es anchísimo.

—¿Y tú qué haces aquí a esta hora?, ¿no sabes que es peligroso? ¿Eres mayor de edad?

—Es que me puse a coger un poco de fresco —Adopté mi más desesperada expresión de inocencia, no fuera a ser que cargara conmigo para la estación y se le ocurriera llamar a mis padres o alguna imbecilidad por el estilo— y me dormí. Eso es todo.

—Bueno, ¡dale para tu casa! No tienes edad para estar desandando por ahí a esta hora.

Cuando me tendí por fin en mi litera del cuarto, los mosqueteros dormían, roncando y todo.

Volví a pensar en mi sueño. Gustarme Arturo... ¿Gustarme Arturo? La verdad es que estaba muy bueno, para negarlo había que ser ciego. ¡Pero Arturo era mi rival, mi enemigo número uno!

Recordé que D'Artagnan y Rochefort tenían un romance particular y se creían de lo más enemigos, aparte de lo que creyera saber Alejandro Dumas sobre el asunto.

Toqué mi virginidad. O mi falta de virginidad. Pensaba en Arturo y me mojaba, era increíble.

En eso afluyó a mi cabeza un pensamiento de lo más interesante: ¿qué habría opinado mi madre de aquella situación, y qué pensaría el tarado de mi exnovio? Mi papá ni siquiera opinaba.

Me reí durante un rato: Paulibus, Arturo, Mozart y yo éramos un plato demasiado fuerte para mi mamá, algo que ni con *slogans* habría podido arreglarse.

La idea me puso de buen humor.

Diecinueve

Al otro día fuimos a buscar la cuna. Arturo parecía estarse cayendo del sueño, miraba hacia delante y a cada rato se le cerraban los párpados. Yo me ocupé en observarlo de reojo. Estaba bueno de verdad.

¿Qué era exactamente lo que Pablo y él hacían en la cama? ¿Y cómo sería verlos... desnudos, acariciándose? ¿Cómo sería ver...?

Pero ahí mismo dejé la cosa, porque si seguía por ese camino, me iba a enloquecer definitivamente.

Frené cerca de la casa de La Víbora y ni me molesté en abrir mi portezuela.

—¿Vas a bajarte? —averiguó Arturo.

—No. No quiero entrar.

Él vaciló unos instantes. Me miraba desde la acera, frunciendo el ceño:

—Si Pablo se entera de que estuviste aquí y no te vio, le va a dar un ataque.

—Que le dé.

—¿Sabes que no te entiendo?

Con la cuna desarmada y amarrada con un par de sogas, apoyada en el hombro, la camisa abierta y el pelo lacio cubriéndole hasta la nariz, estaba más atractivo que nunca.

—Yo me entiendo —dije, toda misteriosa, y me fui.

Veinte

De nuevo era domingo.

Beatriz lavaba ropa en el baño con un cigarrillo encendido en la comisura de los labios, soltando ceniza sobre la espuma de jabón. Dayana estaba tan deprimida por sus amores desdichados que ni siquiera había salido de la litera, y mientras padecía su vía crucis particular, se limaba una uña al ritmo de los Beatles, que cantaban por la radio. Olga María refunfuñaba no sé qué acerca del exagerado volumen de la música, mientras le subía el dobladillo a un vestido.

D'Artagnan sacaba cuentas, con los codos apoyados sobre la camilla del hule, porque ese mes había hecho muy pocos viajes, la camioneta pedía a gritos un mantenimiento y de los casi mil pesos de la alcancía no quedaba ni el recuerdo.

En eso llamaron a la puerta.

—Si es para mí, no estoy —dijo Dayana, como si fuera posible ignorar cuando a uno le abrían la puerta quién estaba y quién no en aquella madriguera.

—Yo tengo las manos llenas de espuma —gruñó Athos desde el baño.

Olga María se levantó sin hacer comentarios, furiosa, bajó el volumen de *Yesterday*, y abrió de un tirón: en el umbral aparecieron Paulibus, Arturo y Mozart, con sus figuras recortándose en la intensa luz que los cristales rotos del pasillo dejaban pasar. Los mosqueteros miraron al trío y luego me miraron a mí.

Yo puse a un lado el maldito papelucho donde me había equivocado tres veces en una misma cuenta, y dirigí a los recién llegados una expresión de interrogante desconcierto.

—Pensábamos invitarte a almorzar —dijo Pablo.

Mozart rompió a berrear y Arturo lo meció.

Beatriz tuvo un acceso de risa en el baño, pero disimuló cerrando la puerta.

Miré con cara de monstruo a Dayana y Olga María, que estaban a punto de dejarse tentar también por la risa, agarré mi gorra y salí.

—¿En qué vinieron? —fue lo único que se me ocurrió preguntar, ni que yo fuera inspector de transporte o algo así...

—En un taxi —dijo Pablo.

Me detuve a mitad de escalera:

—¿Me hacen el favor de explicarme por qué insisten? ¡Los quiero dejar tranquilos con su vida!, ¿qué sentido tiene este estira y encoge?

Arturo evitaba mirarme. Pablo tomó al niño, que acababa de cerrar la boca en ese mismo instante, y no respondió.

—¿Qué es lo que les pasa ahora? —pregunté, alzando la voz.

—Él dice que no quiere vivir sin ti. No sé: le dio por eso, como si hiciera miles de años que te conoce o algo por el estilo —dijo Arturo, con expresión de estar más harto que yo.

—¡Pues pártele la cabeza para que no joda más!

—dije, pero enseguida me arrepentí: un aprendiz de mosquetero puede ponerle la espada en la garganta a Milady en caso de apuro, pero nunca trata mal a la persona a la que ama. Y si quebramos esas simples normas, a dónde vamos a parar. Suspiré y me encogí de hombros—: Disculpa, Paulibus, es que me encontraron de mal humor. Gracias, pero no quiero almorzar con ustedes.

De forma sorpresiva, Pablo empezó a llorar. Sin aspavientos. Las lágrimas rodaban por sus mejillas e iban a parar a la calva infantil de Mozart. Arturo y yo nos quedamos mirándolo con idéntico aspecto de impotencia. Tal vez se trataba de depresión postparto, qué sé yo.

El que ama no tiene voluntad para negarse a ciertas cosas. «*Polvo serás, mas polvo enamorado*», ¿se acuerdan?, pues hubiera podido cambiar a: «*Mierda serás...*». Lo mismo daba.

Veintiuno

Fuimos para La Víbora en mi camioneta.

Llegamos a la casa y todo estaba listo: la mesa del comedor tenía un mantel de guinga roja que supuse nuevo, y encima del mantel esperaban por nosotros tres pares de cubiertos con sus respectivos platos.

Mientras comíamos, me fijé en que Arturo se estaba consumiendo por días. Reflexioné que entre Mozart y los disgustos con Pablo, su vida no debía ser precisamente un lecho de rosas.

—¿Ustedes en qué trabajan? —pregunté para romper aquel silencio tan desagradable.

—Yo, en un banco —dijo Arturo sin dejar de aplastar su arroz.

—Y yo, en una oficina de gas licuado —dijo Paulibus como un eco.

Parecíamos acabados de llegar de una funeraria.

Por fin Arturo rompió fuego:

—Me voy. —Apartó su plato con tanta brusquedad que el plato chocó contra una jarra de jugo, la jarra se volcó y nos empapó los pantalones a Paulibus y a mí—. No aguanto más, Pablo.

Mi amado tormento se levantó tras él y lo sujetó con una energía de la que no parecía capaz.

—No —dijo.

Arturo trató de sacudírselo de encima, pero no pudo. Habló de nuevo:

—Necesito una pareja, no un tipo de piedra. ¿Sabes cuánto tiempo hace que no nos acostamos? Decídete de una vez: ¡ella o yo!

Intentó salir del comedor y casi arrastra a Pablo con él. Pablo lo cercó con sus brazos, impidiéndole todo movimiento. Hubiera sido muy oportuno que me tragara la tierra.

Arturo volvió a hablar, esta vez completamente histérico:

—¡Suéltame, Pablo!

Forcejearon.

De pronto, Pablo lo besó. Lo besó, sí. Ahí, frente a mí, que seguía con la cuchara en la mano. Pablo estrelló a Arturo contra la pared y lo besó como para dejarlo sin boca, y Arturo se abandonó a ese beso.

Abrí los dedos: mi cuchara repiqueteó sobre el borde del plato. Me levanté sintiendo que el *jean* empapado de jugo se me pegaba a la piel de los muslos. Ellos me oyeron y se separaron.

Yo bajé la cabeza y salí corriendo de la casa.

No subí a la camioneta, porque si lo hacía era seguro que me estrellaba contra el primer poste.

Veintidós

Caminé cegada por la ira y la desolación, zigzagueando sobre las aceras rotas de La Víbora. Por fin encontré un quicio y me detuve. Me senté allí, estupidizada. Ni siquiera lloré. Me limité a mirar hacia abajo. Por la acera en cuestión andaba una hilera de hormigas, acarreando una miga de pan, de lo más felices. Qué envidia, ¿no?

¿Quién necesita a una exalumna de gimnasia artística con su único *jean* rezumando jugo de naranja?, pensé: Todo el mundo tenía en su casa cunas repletas de recién nacidos y tipos que están buenísimos.

Y si seguía en ese estado de comemierdez, ni siquiera atinaría a viajar al día siguiente hasta Pinar del Río. Y bien sabía Dios la falta que me estaba haciendo el dinero.

Verdaderamente, aquello era una maldición gitana: llegas a casa de tu novio oficial y te lo encuentras enganchado con una tipa; comes en la mesa de un individuo que te encanta y el tipo se pone a besar a Arturo.

Gemí por lo bajo, para que nadie se enterara.

—Margo. Me costó trabajo encontrarte.

Era Arturo.

—Bueno, ¿pero tú eres su títere o qué? —le grité—. Él te manda aquí y te manda allá a buscarme, y tú vas y vienes como un robot. ¡Te mereces todo lo que te pase, caramba!

No dijo nada. No tenía nada que decir, por otra parte.

Regresamos adonde Paulibus, que estaba hirviendo unas teteras para Mozart.

—Ustedes dos son una pesadilla —les confesé—. Abro un ojo y ahí están. Total, ¿qué resuelvo yo con eso?

Se limitaron a guardar silencio.

—Dame ese pantalón —dijo Pablo por fin—, lo tienes empapado de jugo.

—No voy a andar desnuda —le respondí.

—Dale un pantalón mío, Arturo, por favor.

Al cabo de unos minutos, regresé del cuarto vestida con un pantalón de pijama y le tendí mi *jean* a Paulibus. Él tomó el *jean* y lo puso debajo del chorro del fregadero.

—¡Estás loco! —protesté—. No me lo voy a poder poner en días enteros. ¿Sabes lo que se demora esa tela en secarse?

—La ropa que te pusiste no es mía —dijo Pablo.

—¿Ah, no?, ¿y qué si no es tuya? Arturo la sacó de una gaveta. ¿De quién es?, ¿de Drácula?

—Es de Arturo.

—Y qué más da de quién sea. Qué retorcido es el mundo, caramba.

Pero Paulibus me estaba ocultando algo.

Veintitrés

Arturo había ido a poner gasolina en su moto y Pablo acababa de dar inicio al ritual de alimentar a Mozart. Era un ritual larguísimo y complicado, que incluía pomos de leche, toallas, paseos dándole palmaditas en la espalda al renacuajo, cambio de pañales y cosas así.

Me tendí en la cama de uno de los cuartos vacíos, a descansar de tantas emociones.

Ya estaba oscureciendo cuando entró alguien en la habitación. Ese alguien caminó con cautela alrededor de la cama, se sentó en el borde del colchón y me pasó una mano por la cabeza. No di señales de vida: no todos los días tengo la posibilidad de que Paulibus crea que duermo y pase sus largos dedos por mis cejas y mi frente.

Nadie nunca me había acariciado así. Mi madre no acaricia, profiere *slogans*. Mi padre no existe. Y mi exnovio siempre se limitó a unos besuqueos superficiales. Cierto que mis mosqueteros a veces me acariciaban, pero brevemente y sin las intenciones sensuales que se adivinaban en estos dedos tan tiernos.

La mano tomó posesión de mis mejillas, revolvió mi pelo y se paseó por la barbilla. Entonces una cabeza descendió sobre mi cabeza y puso los labios en mis párpados cerrados, en la punta de mi nariz y en mi propia boca.

Aún sin abrir los ojos, supe que no era Pablo. Me incorporé de un salto. Arturo tenía aspecto de culpabilidad, pero no se movió un milímetro.

—Arturo —le dije, sofocándome—, ¿es posible?

Apenas quedaba luz en la habitación y la que quedaba removía destellos extraños en las pupilas de Arturo.

A Alejandro Dumas jamás se le había ocurrido una cosa por el estilo, así que yo no contaba con patrones de conducta para este caso.

Arturo no sólo estaba bueno: estaba manso, deseoso y límpido igual que el agua de un manantial de la Sierra Maestra. Tiré de él y se volvió loco. No en balde Paulibus lo tenía a pan y agua desde no sé cuándo. La piel le olía a hierba, a lluvia de agosto, a mango. El aprendiz de mosquetero haló a su rival hasta ponérselo encima. Y que se cayera el universo.

¡Oh, calamidad de calamidades!: la luz del dormitorio se encendió de súbito sobre nosotros, y un Paulibus completamente bestializado agarró a Arturo por la cintura y lo tiró al suelo.

—¡Ella es mía! —rugió, igualito que si estuviéramos protagonizando alguna radionovela del año de la corneta.

—¿Tuya? ¡Deliras, Pablo! —dije, pero no me oyeron.

Arturo se levantó y Pablo le fue encima como para hacerlo pedazos. Le dio golpes con todo lo que pudo: manos abiertas, puños, rodillas, pies.

Yo me sentía en el más abrumador ridículo con aquel pantalón de pijama. No se puede ser muy heroico en pijama. Hice lo que pude.

—¡Ya, caramba ya! —Me colgué de la espalda de Paulibus, que seguía aporreando al otro. Arturo parecía anulado—. Pablo, Mozart está en el cuarto de al lado. Por favor. A ninguno de ustedes dos les puede pasar nada, porque Mozart depende de ustedes.

Fue igual que pronunciar palabras mágicas: Pablo se apartó y Arturo resbaló por la pared hasta quedar sentado en las losas ajedrezadas del piso. Le salía sangre de la nariz.

Quién entiende la naturaleza humana: primero te besan y luego tratan de convertirte en papilla.

—Busca un poco de hielo para ponerle —le dije a Paulibus—. ¡Mira eso como lo has dejado!

No sé cuál de los tres me daba más pena en ese instante, si Paulibus, que trasteaba en el refrigerador con el rostro crispado de angustia, o el pobre Arturo, todo golpeado ahí, mirándome desde los hematomas de sus párpados, o yo misma, metida en una situación tan surrealista.

Subimos a Arturo a la cama y le restañamos la sangre. La nariz le debía doler una barbaridad, porque casi no nos dejaba tocársela.

—Hay que llevarlo al médico —dijo Pablo.

—No, nada de eso —se negó Arturo—, van a querer averiguar con quién fue la pelea. En estos casos siempre le avisan a la policía.

—Les decimos que te asaltaron unos tipos en la calle y que ni siquiera les viste las caras —sugerí.

Pero no hubo manera de convencerlo.

Paulibus tomó una mano de Arturo entre las suyas. Los dedos de Arturo tocaron a Pablo, lo acariciaron. Después Arturo alargó la zurda y me agarró a mí de la muñeca, justo por donde una vez por poco me la tritura.

Pablo se dio cuenta, pero no pareció reaccionar.

—No te vayas, Margo —dijo Arturo.

Le dirigí una mirada oblicua a Pablo, que se mordió los labios y levantó los ojos para verme. Para mí no era fácil: yo seguía adorándolo.

—No te vayas —murmuró él también.

Respiré con más tranquilidad. La situación era tan confusa como antes, pero habíamos concluido con la violencia.

Por lo menos de momento.

Veinticuatro

Llegué a la madriguera mosqueteril cerca de las tres de la madrugada. Athos, Porthos y Aramis respiraban pausadamente en sus respectivas literas.

Allá en La Víbora había dejado a Pablo dormido sobre el sofá y a Arturo reponiéndose de los porrazos en la cama del cuarto vacío. Y Wolfgang Amadeus reposaba hecho un angelito en su cuna después de un par de tandas alimenticias.

Yo tenía que enfilar a las cuatro rumbo al parque donde esperaban mis clientes, así que no tenía sentido acostarme. Me contenté con meter la cabeza bajo el chorro de agua del lavabo y después alisarme las mechas con un peine.

Confiaba en no conducir al otro mundo a mis inocentes viajeros.

El *jean* de Pablo que llevaba puesto me quedaba superincómodo, pero el mío se estaba secando con toda su calma en el patio de la familia Mozart.

Logré mantener los ojos abiertos durante el viaje de ida. Pero una vez llegados a Pinar del Río no pude más —veía arañas en el parabrisas—, así que estacioné la camioneta en un parqueo y sucumbí al sueño en el asiento trasero.

Resucité en el amanecer del martes, cuando la ciudad comenzaba a desperezarse. Encontré abierto un cuchitril en cuyo mostrador servían café y me tiré tres tazas. Luego me devolví a la carretera. Viajé lentamente, parando a comer donde se me ocurría, y aproveché para comprarle unas naranjas a Mozart.

Oscurecía cuando estacioné mi camioneta cerca del Capitolio y subí las escaleras del edificio.

Veinticinco

Dayana y Beatriz me miraron entrar y se quedaron como quien ve a un fantasma. Olga no estaba.

—¿Qué fue? —les pregunté—, ¿nunca antes vieron llegar a alguien de Pinar del Río?

—Tu papá estuvo ayer aquí.

—¿Qué?

Si me dicen que King Kong andaba suelto por la Habana Vieja me hubiera asombrado menos.

—Estuvo cantidad de rato esperándote. No quisimos decirle en lo que trabajabas —dijo Dayana tímidamente.

—Hicieron bien. ¿Y cómo me localizó?, ¿les dijo?

—Parece que alguien que conoce a tu mamá vino a visitar a unos vecinos de este piso y te vio —explicó Athos.

—¡Bueno, pero es que esta ciudad de mierda es un pañuelo! —protesté, indignada.

Tenía una sensación bastante desagradable en el estómago. Y terminé por comprender que debía ser hambre, porque desde el rato en que había echado pie a tierra en Consolación del Sur no tragaba bocado.

—Quería volver hoy.

—¡No me digan! Maravilloso. ¿Y por qué le confirmaron que yo vivía aquí?

Estaban consternadas las dos. Hasta Beatriz, que es mucho decir.

—Se hubiera enterado de todas formas, Margo —se excusó Dayana.

—¡Pues pierde el tiempo, porque no voy a volver a aquella casa! Ni siquiera pienso hablar con él.

—Tienes que darle la cara, Margo —dijo Beatriz, probablemente demasiado agobiada para llamarme gato flaco—. Esquivándolo no vas a resolver tus problemas.

Me senté en una de las literas sintiendo que si no comía algo en medio segundo, perecía o mataba a cualquiera.

—¡Son mis problemas los que quiero resolver, Beatriz, no los de ellos!, ¡que se jodan!

Dayana, que a veces es muy sensible, me alcanzó medio pan y un vaso de leche. Mastiqué y tragué con avidez, y unos segundos más tarde ya tuve la capacidad de sentirme menos cruel.

—¿Qué dijo de mi madre? —averigüé.

—Que está bien.

—Ah.

—Parece que uno de tus hermanos te estuvo buscando. ¿O eran los dos? No me acuerdo.

—Mi madre los tendría locos.

—Fueron a hacer la denuncia a la policía y todo, pero como ya no eres menor de edad, no consiguieron mucho. La policía pensaba que te habías escapado con algún tipo. Ellos, tu familia, creyeron que te habías suicidado.

Liquidé lo que quedaba de leche en el vaso de un largo sorbo asfixiante.

—Son muy intuitivos en mi familia —comenté al cabo.

Ellas se hicieron las que no me oían.

—¿Y Olga?

—Salió —dijo Beatriz.

—Con uno de su trabajo —agregó Dayana.

—¿De verdad? —Me sorprendí y me alegré.

Vaya con el oso de peluche. Hasta Aramis acababa cayendo alguna vez.

—Pero dice que no va a llegar tarde, porque todo este asunto tuyo y de tu familia le preocupa —concluyó Beatriz.

—¡Hombre!, ni que yo fuera anormal —dije, pero estaba conmovida.

Sí llegó tarde. Y un poco despeinada. Pero fuimos discretas y por esa noche no hicimos preguntas.

Veintiséis

El miércoles, a las seis en punto de la tarde, y con el cuarto en estado de desastre apocalíptico —ropa sucia esparcida por doquier, loza sin fregar amontonada en la camilla, literas revueltas, armario entreabierto del que se salen ropas mal dobladas, adminículos de maquillaje tapizando la mesa de noche *art decó*, espejo manchado de potaje, baño agresivamente oloroso, sillas polvorientas, etc.—, con los tres mosqueteros y el aprendiz en plena orgía de indiferencia por el mundo, vale decir:

Dayana en paños menores mordisqueando un emparedado y pensando en las musarañas; Beatriz completamente desnuda, encaramada en su litera junto a Thomas Mann; Olga María en bata de casa, hojeando una revista de modas...

Y D'Artagnan empleándose en darle una sesión de belleza a sus zapatos de cuero, entre algodones empapados en grasa y alcohol, llevando de único atavío un pulóver no muy largo.

Bien, recapitulemos, por favor: El miércoles, a las seis en punto de la tarde, encontrándose el cuarto en estado de desastre apocalíptico, llamaron a la puerta, y cuando Olga María se dignó a asomar la nariz vio a mi madre, mi padre y mis dos hermanos, con el aspecto de unos empleados de funeraria que vienen a llevarse al occiso.

Aramis volvió a cerrar, volteó su rostro pálido hacia nosotras y pronunció las palabras del acabose:

—Margo, ahí está tu familia.

La que se armó en aquel cuarto fue grande, gorda y peluda.

Todo dios se abalanzó hacia el baño, en tropel, y me quedé sola, tratando de no caerme mientras me enfundaba en el *jean* de Pablo, con la mirada fija en el rectángulo de madera detrás del cual aguardaban las bestias.

Abrí y ellos entraron.

Me comían con los ojos. Leí en los de mi madre: «Estás flaca, pelada igual que un macho, requetequemada por el sol, sucia y mal vestida».

Mi padre rompió el hielo y me dio un abrazo, luego mis hermanos lo imitaron. La creadora de *slogans* se limitaba a taladrarme visualmente.

Del cuarto de baño llegaban los fragores de los mosqueteros, adecentándose, tropezando y maldiciendo.

Los recién llegados se hartaron por fin de mi mutismo y comenzaron a fijarse en la escenografía. Horror, horror y más horror.

Desperté del letargo.

—Siéntense —les dije.

—Pero ¿dónde? —preguntó mi hermano mayor, dándoselas de sarcástico.

—Donde gustes —respondí, helada—: en una silla, en las literas, en el piso. También puedes levitar o quedarte de pie.

Mi padre, conciliador, lanzó un «*Claro*» y se dirigió a la peor silla, la que se va de costado porque tiene dos patas más cortas.

—Margarita —dijo mi madre, y todos nos quedamos en suspenso, igual que si esperáramos el discurso de un líder particularmente admirable—, hija.

En ese momento salieron del baño, una tras otra, Dayana, Beatriz y Olga María. Mis hermanos les dedicaron ojeadas de pasmo. Tal parecía que en el baño había habido alguna convención. Incluso después, se quedaron como esperando a que aparecieran varias personas más.

—Buenas tardes —dijo Olga, grave y serena, y a continuación se dirigió a mí—: Margo, nosotras nos vamos a dar una vuelta para que puedas hablar con tu familia con tranquilidad.

Mis ojos les gritaron: «*¡Ah, traidores, mosqueteros de mierda!*». Pero Dayana se sonrió con media boca, Beatriz se encogió de hombros, y todas abandonaron el local.

—Margarita —repitió mi madre—, lo que tú nos has hecho no tiene nombre.

Tratar con doce pasajeros cada tres días y lidiar con choferes veteranos en carreras a muerte de competencia desleal, me resguardaban igual que una coraza.

—Mamá —contesté—, lo que les hice tiene un nombre: aburrimiento. Me harté de ti, de lo que decías, de papá, de nuestra casa, de estos dos manganzones y sus mujeres, de la gimnasia artística y del reverendo huevón que era mi novio.

Quedé sin aliento.

—Bueno, bueno —profirió mi padre, de lo más complacido. Intuí que en cierto modo le producía satisfacción topar con alguien de la familia capaz de batallar con mi madre, la eterna campeona solitaria.

—Margarita, niña... —osó empezar mi hermano del medio, pero lo paralicé con un ademán súbito y terminante.

—En fin, no hay más que hablar. Nos vamos —concluyó mi madre—: busca tus cosas.

—Repite eso —le pedí.

—Que recojas tus cosas, si las tienes en este chinchal, porque nos vamos. Tu hermano parqueó en un mal sitio y no podemos estarnos demorando. Mejor nos sentamos a hablar con tranquilidad en nuestra casa.

Y se movía, apurando a los demás.

—Madre, yo me quedo. Este chinchal es mi sitio. Si quieren venir a visitarme, están invitados, pero avisen antes para limpiar el piso por lo menos.

La profesional de los *slogans* vaciló sobre sus zapatos de tacón. Proyectaba tanta incredulidad como si lo hubiera ensayado durante varios días, lo cual era probable.

—¿No vas a venir?, ¿no vas a...? —Y de repente lanzó un largo y agudo lamento—: ¡Ayyy, esta hija me va a matar! ¡Ayyy, para qué habré nacido!

La escolta la rodeó, solícita: la apoyaron, la abrazaron y la consolaron.

Mi madre sollozaba en la solapa de mi hermano el del medio. Y mi hermano mayor parecía estar sosteniendo la bandera roja en su mano derecha cuando me espetó:

—¡Es tu madre, Margarita Augusta, y tienes que respetarla!

Mi padre asintió en silencio.

—Deberíamos llevarla a un siquiatra —propuso mi hermano del medio—. Yo tengo un amigo que trabaja en Mazorra.

De un salto me parapeté detrás de dos de las sillas:

—Al que intente tocarme le rajo la cabeza con lo que me caiga a mano —les advertí.

—¡Entra en razones, niña!

—¡Qué barbaridad, con la educación que le hemos dado!

—Yo no sé qué le pudo pasar a esta muchacha.

—¡Ayyy!

Pausa breve, pero melodramática, y se calmaron.

—Vamos a ver, criatura —dijo entonces mi madre, sonándose la nariz en el pañuelo de uno de mis hermanos—, qué futuro crees que te espera en este lugar asqueroso, viviendo en compañía de ni se sabe quién. ¿Es que no piensas ir a la universidad?

—La universidad me es indiferente, mamá. Y aquí estoy viviendo asquerosamente bien.

—Dile algo tú, Bernardo —pidió mi madre a mi padre.

Papá se adelantó y carraspeó.

—Hija, Margarita, lo que tu madre dice tiene mucha razón.

—Habla por ti, papá. Lo que tú piensas, no lo que piensa ella. ¿Te cuesta tanto trabajo?

Él acusó el golpe y meditó durante unos segundos. Luego habló:

—Mira, a mí no me preocupa mucho que no vayas a la universidad. Se puede sobrevivir sin ir a la universidad. —Mi madre puso cara de monstruo; papá continuó—. Lo que me agobia es que tengas que quedarte aquí, probablemente en compañías que no son las mejores. ¿Crees que podamos hablar de eso sin pelear y sin insultarnos?

—Lo siento, papi —Me dejé caer encima de una de las sillas protectoras—. Es que esto, más que una conversación, parece un festival de boxeo. ¿Quieren acomodarse donde sea, para llegar a un acuerdo?

Se esparcieron por la habitación, con diversos grados de repulsión en las actitudes.

—Te escuchamos —dijo mi hermano el del medio.

—Tengo veinte años, de manera que ya soy mayor de edad, ¿sí? En estos momentos las peores compañías para mí resultan ser ustedes, y mis razones son poderosas: quiero decidir por mí misma en qué abismos me voy a caer. Estoy trabajando y me gusta. Gano para mantenerme y es una buena experiencia. Y tengo planes para el futuro, pero ese es un tema estrictamente personal y confidencial. ¡Ah!, me falta la postdata: si me siguen tratando como a una oligofrénica, no llegaremos a entendernos jamás. Ustedes deciden.

Estaba resultando un encuentro francamente agotador. Más que un viaje a Holguín con seis señoras gordas que parlotearan sin cesar.

Ya eran casi las ocho de la noche y ni aparecían mis mosqueteros —supuse que estarían en la escalera, aguardando la retirada de los visitantes—, ni mis contrincantes se marchaban.

El enemigo consultó a sus huestes y retrocedió, replegándose:

—Hija, Margarita —era mamá—. Es verdad que ya no eres una niña y no podemos obligarte a nada.

—Aplausos —me admiré—, no está mal para empezar.

—Margarita Augusta —gruñó mi hermano mayor—, no seas insolente.

Mi madre aplacó al secuaz con una palmadita y continuó:

—Sólo te pedimos, fíjate bien: te rogamos, te suplicamos, hija, que vuelvas a tu casa. ¿Es mucho pedir?

—Creo que sí —dijo el aprendiz de mosquetero.

—¡Bien!, entonces... —Mi madre se alzó con un aspecto de mansedumbre que se me hizo de lo más sospechoso—. Nos tendremos que resignar. Vamos. —Las ovejas del rebaño se levantaron y la siguieron; ella se detuvo en el umbral para jugarse la que posiblemente era su mejor carta—. Pero tú debes estar necesitando de todo, hija. Mírate la facha con la que andas. Estarás trabajando en no sé dónde, pero no has de tener ni un centavo. ¿Quién puede respetarte cuando te ve con ese aspecto?, dime. Y pareces un verdadero esqueleto. ¿Por qué no vas a pasarte una semana en la casa? Te alimentas mejor y yo te compro un poco de ropa.

—No, mami, gracias —sonreí.

—¿Y dinero, hija?, ¿no quieres que te deje dinero? Unos quinientos pesos...

—No. No te preocupes.

Por fin hicieron mutis y yo me quedé igual que si hubiera participado en tres campeonatos seguidos de gimnasia artística: necesitada de respiración boca a boca.

Mis mosqueteros reaparecieron con talante de canes apaleados.

—Qué bien, ¿eh? —las recriminé—. Así que me dejan aquí, batiéndome yo sola. ¿Saben que pretendían amordazarme y llevarme a la consulta de un siquiatra? ¿Qué hacen ustedes si me internan a la fuerza en un hospital para darme corrientazos?

—Muy chistosa —dijo Olga María.

—¡No es un chiste, coño! —me alteré—. En la próxima necesito aunque sea a una de ustedes conmigo, para que me apoye física y moralmente. Esto es una guerra y acaba de empezar.

Athos se pasó una mano, reflexivamente, por las greñas pelirrojas:

—Pues a la guerra hay que ir con tácticas, Margo.

—Bueh —dijo Dayana buscando qué comer en las ollas menos sucias—, ¿pero todo eso es serio?

—Creo que sí —dijo Beatriz—, pensándolo bien, lo que se oía desde allá fuera era bastante feo. Y hay familias que son de miedo.

¿Se acuerdan de los cuatro protagonistas de Dumas sentados en el parapeto, planeando qué hacer para defenderse de Richelieu, mientras los hugonotes lanzaban una lluvia de disparos?

Pues aquella noche nosotras nos dimos a la tarea de freír huevos y lasquear un pan de flauta, y luego nos reunimos alrededor de la camilla del hule, a comer y a proyectar mi próxima batalla.

Veintisiete

Durante cinco o seis días no me aparecí por La Víbora. Y no es que deseara romper con la familia Mozart, quería más bien dejar refrescar mis sentimientos.

Además, tal vez yo andaba medio paranoica, pero el conflicto bélico con mi madre y su ejército me inquietaba. Y es que éramos apenas una diminuta compañía de mosqueteros y un aprendiz, dispuestos a hacer frente a los más altos principios de nuestros adultos: la tradición, las buenas costumbres establecidas y los *slogans* tipo «*Madre no hay más que una*».

Si mis hermanos se buscaban aliados que averiguaran que pagábamos un alquiler por el cuarto en los altos de Los Paraguas del Capitolio —lo cual era absolutamente ilegal en esa época— y hacían la denuncia en el Comité de Defensa de la Revolución, lo más seguro era que lanzaran a la calle nuestros cuatro trastos y a nosotras con ellos. A lo mejor hasta con multas y amonestaciones. O peor.

El viaje que di a Vuelta Abajo sirvió para abastecerme de dinero, viandas y experiencia en materia de lo que ciertos padres esperan de sus hijos.

—Qué calor, ¿no? —Inició charla el pasajero que iba a mi lado—. No sé cuándo irá a bajar la temperatura para poder dormir por las noches. Óigame, ¡la cantidad de ropa que sudan y ensucian en esta época mis muchachos, es el acabose! Tienen a mi mujer loca, con lo escaso que está el jabón.

Una cuarentona del asiento trasero se reanimó como por ensalmo:

—Ropa para lavar —gimió—: Yo me paso la semana completa delante de una batea de ropa. Los hijos... —Y chasqueó la lengua—. Yo quiero mucho a los míos, pero verdad que los hijos dan una de dolores de cabeza. El mayor de mis muchachos acaba de graduarse, ése es tranquilo. Pero la más chiquita no terminó la secundaria y ya estaba pensando en casarse. Le dije «*De eso nada, monada*». ¡No, y la castigué!: ni salidas ni fiestas ni amigos; de la casa para la escuela y de la escuela para la casa. ¡No ve que una pasa mucho trabajo pariéndolos y criándolos, para que después se salgan con que quieren hacer lo que les da la gana! De jovencita yo hubiera querido estudiar, hacer una carrera. Pero mis viejos no podían darse esos lujos. Y *arresulta* que estos vejigos de ahora tienen los estudios gratis esperando por ellos, ¡y no quieren estudiar! Pero conmigo sí que no: ¡yo los encierro en un hueco si tengo que encerrarlos, y no me ven la luz del sol en cinco años!

—Así se habla —aprobó una segunda señora, poseedora de un pañuelo de seda y perlas artificiales.

—¡No ve que uno se sacrifica mucho —continuó la cuarentona— y dobla mucho el lomo para que ellos tengan lo que necesitan!

—A ver, a ver —le dije—: El asunto es que usted los compró en alguna parte y son de su propiedad.

—¿Cómo?

—Que si compró en alguna parte a sus hijos.

—Ah. —La cuarentona se rió—. Lo que pasa es que usted es muy joven y no ha tenido muchachos y no entiende de eso.

—Por lo mismo —insistí—, explíquemelo.

Se hizo un silencio. A nadie le gusta ponerse a discutir con el chofer que lo lleva por una carretera, y mucho menos si pagó por adelantado.

—Bueno, es que todos los jóvenes no son iguales —terció el pasajero de al lado mío—. Mírese usted misma, lo responsable que es. Hay gente que a los quince ya es madura.

—Y gente que a los sesenta no ha madurado, ¿no?

Me celebraron la gracia.

—Verá, joven: cuando yo tenía treinta años y estaba casada hacía rato, tuve una discusión con mi mamá por no sé qué bobería, ¡y la viejita aquella me ha sonado un tapabocas que por poco me vira al revés!

La cuarentona lo decía orgullosa. Era un caso de masoquismo confeso.

—Mi padre —recordó conmovido el pasajero de delante—, nos repartía cintarazos a todos sus hijos cuando ya éramos hombres hechos y derechos, y ninguno, ¡nin-gu-no!, se atrevió jamás a levantarle la voz.

A continuación se produjo un desboque general:

—Mi abuelita le pegaba a mi papá con fuete.

—Mamá sí que era tremenda: una vez se le fue la mano y le fracturó el arco superciliar a mi hermana Angelita.

—Óigame, un tío de mi marido tenía a los suyos tan bien enseñados, que allí nadie se atrevía a sentarse a la mesa si él no se sentaba antes.

—Mi esposo dice que una de cal y otra de arena: él les da de todo, pero ellos lo tienen que obedecer.

—Y le dije «Pues estudias para abogado y cuando termines, trabajas de barrendero si no estás conforme con lo que estudiaste, ¡pero primero acabas tu carrera!».

—¿No ve usted que los muchachos no saben lo que quieren y uno tiene que guiarlos por la vida? Para eso es que se traen al mundo, ¿o no?

Por lo visto, sin querer había organizado un aquelarre en la camioneta.

Prendí la radio y localicé una estación donde estaban poniendo a Elvis Presley. Y el loco ese será una antigualla si ustedes quieren, pero cuando se manda, se la manda de verdad. Estaba cantando *Fiebre* y subí el volumen al máximo. Mis pasajeros captaron la indirecta y se callaron.

Bajé el volumen, pero me las tenía que cobrar: en lo que quedó de carretera escucharon a Pink Floyd en pasajes de *El Muro*, varias piezas de música electroacústica y unos cantos gregorianos que ubiqué en Radio Nacional Musical.

Al final ya me daban lástima.

Veintiocho

D'Artagnan reapareció en el cuartel general acarreando con dificultad un saco sucio de tierra colorada, casi lleno de plátanos, yuca y malanga. Los mosqueteros se me quedaron viendo con sonrisitas especiales.

—¿Y eso ustedes tan contentas? —pregunté en tanto descargaba el saco en las proximidades de la camilla del hule—, ¿nos ganamos alguna rifa?

—Ven acá, gato flaco —atacó Beatriz—, ¿tú tienes uno o tienes dos novios?

Novio era una mala palabra para mí desde que hallé a mi exenganchado con la futura doctora. Fruncí las cejas:

—No jodas, Beatriz, yo no tengo novios.

—Porque —se carcajeó Dayana— estuvieron por aquí Pablo y Arturo con el niño, de lo más preocupados, a preguntar por qué no aparecías en sus horizontes.

Me encerré en un mutismo hosco y fui a ducharme.

Terminaba de perfumarme con uno de los obsequios que le hacían a Dayana sus amigos especiales, cuando ya Paulibus estaba de regreso.

—Hola —me saludó con timidez desde la puerta—, tu pantalón se secó por fin.

Los mosqueteros intercambiaron señas regocijadas.

—Si quieres ni entres, Pablo, porque salgo en medio segundo.

—¿Tuviste un buen viaje? ¡Te extrañamos!

El plural de la última frase provocó silenciosos estallidos de júbilo entre Athos, Porthos y Aramis.

—Vámonos —le dije a mi flor, y antes de cerrar la puerta a nuestras espaldas, metí medio cuerpo para adentro—: ¡Las tres se van a la mierda!

Pablo esperaba por mí en los primeros peldaños de la escalera, inquieto:

—¿Ni siquiera me vas a besar?

—Perdóname. —Y le tomé una mano—. Es que tengo miles de cosas en la cabeza. Te amo, Paulibus. ¿Cómo está el niño?

—Está bien. Crece por minutos. Creo que ya me reconoce cuando le doy la leche.

Besé su mano en la palma y en la yema de cada uno de los dedos.

—¿Cómo está Arturo?

Cambió de expresión. Pero habló sin agresividad.

—Bien, creo.

—¿Cómo que crees? ¿No se sigue quedando en La Víbora con ustedes?

Abordamos la camioneta.

—Sí, pero es que andamos medio disgustados. No hemos hablado mucho desde que te fuiste.

—Vaya novedad —comenté. Hice funcionar el motor y me dediqué a extraer el vehículo de entre carro y carro, esforzándome en no tropezar con nadie—. ¿Y tampoco se han... —busqué desesperadamente un término adecuado y por fin opté por el más ridículo— hecho el amor?

—No.

Una colección de luces rojas nos detenía de semáforo en semáforo.

—Paulibus, tú no piensas dejar a Arturo, ¿verdad?

—No.

—Ni él está pensando dejarte.

—Supongo que no.

El motor se ahogó y la camioneta se detuvo en el mismo centro de la calle. Un taxista pasó junto a nosotros voceando «¡*Aprende a manejaaar!*».

—Esta infeliz no se siente muy bien —dije, mientras intentaba ponerla en marcha de nuevo.

Luego de un par de minutos, la camioneta ronroneó y volvió en sí. Seguimos adelante. Pero no continuamos con la conversación en lo que quedó de trayecto.

Y la camioneta sufrió un segundo colapso tres cuadras antes de llegar a la casa de Pablo.

Veintinueve

—¡Hola! —Arturo me dedicó una sonrisa de yonofui, y me tendió al bebé para que lo mirara.

Al futuro compositor le habían crecido varios pelos en la calva, no estaba hinchado y rojo y, en general, tenía un aspecto más humano.

Me atreví a agarrarlo. Era complicado. Si no ponías la mano por allá, se te desnucaba, y si no lo enderezabas así, se te deslizaba rumbo al piso. Además, babeaba en cantidades astronómicas y existía el peligro de salir del trance vomitado, o algo peor.

—¿Verdad que se está poniendo enorme? —me preguntó Arturo, tan orgulloso como si él lo hubiera fabricado personalmente.

—Gigantesco —mentí.

Ellos asintieron, complacidos. Mozart inició el concierto y lo devolví rápidamente.

—Te tenemos un regalo —dijo entonces Pablo.

—¿*Quiénes* me hacen el regalo?

—Arturo —fue la respuesta—, Amadeus y yo.

—¿Y quién puso el dinero?, ¿Amadeus?

Se rieron, pero con esfuerzo. La atmósfera no andaba clara.

El regalo en cuestión era un reloj. Un reloj magnífico, de esfera grande y luminosa.

—¿Cómo se les ocurre? Si apenas ganan para pagarle la leche a Mozart.

Pero la verdad era que estaba tocada en el centro del corazón.

—Así... en los viajes te acuerdas de nosotros —dijo Arturo, y se llevó a Mozart a la cocina, supongo que para algún ritual alimenticio.

Dejé que Paulibus pusiera el regalo en mi muñeca.

—Pablo, ¿por qué no nos sentamos los tres a conversar cuando el niño se duerma?

Suspiró. Se notaba abatido.

Pasé mi zurda por sus cabellos tan crecidos que ya le tocaban los hombros y deslicé el pulgar por su nuca. A él se le erizó la piel.

—Me gustas —le dije en un susurro.

Nos acercamos. Le mordí la barbilla y pasé la punta de mi lengua por sus labios. Entonces me atrajo por la cintura para besarme.

Pudimos haberla pasado muy bien, pero ya Arturo regresaba con el compositor a cuestas y tuvimos que separarnos.

Arturo también creía que teníamos que hablar.

—¿Qué piensan hacer ustedes? —dije la primera.

—Terminar —respondió Arturo.

Pablo lo miró y luego me miró. Por lo visto no esperaba esa salida. Y Arturo, fiel a su estilo, se cantaba y se bailaba, y cambiaba de opinión constantemente.

—¿Paulibus? —volví a pronunciarme.

—Si él quiere terminar, terminamos.

A pesar de la bravuconada, parecía que estaba a punto de echarse a aullar.

—Yo me siento incapaz de empatarme con cualquiera de ustedes dos —les advertí.

Paulibus se me quedó viendo con expresión de traicionado. Arturo se puso heroico:

—Si quieres seguir con Pablo, nadie te obliga a irte, Margo. En definitiva, yo soy el único que no le interesa a nadie.

—Tú lo que estás es loco por dejarme —le dijo Pablo, furiosísimo—, y te estás aprovechando para largarte a la primera oportunidad.

—¡Eso es mentira, coño! —estalló Arturo—. Sabes perfectamente que me voy por ahí a morirme, igual que un perro.

—¿Solo? —rebatió mi amado tormento—. Ya tendrás con quien estar. ¿O te crees que soy estúpido? ¡Me juego la cabeza a que ya tienes con quien sustituirme!

—¡No me acuses! —gritó el otro—, ¡que yo siempre te he sido fiel! Y tú no puedes decir lo mismo. Si no, Margo no estaría en esta sala con nosotros.

—Pues yo te encontré casi acostado encima de Margo —le recordó Pablo —, por eso fue que te partí la cara.

—Espérense un momento —les pedí—. Un minuto de descanso y luego continúan con el próximo *round*. Aclaremos una cosa, Pablo: ¿tú le pegaste a Arturo porque te sentías celoso de él o porque te sentías celoso de mí?

La pregunta del aprendiz de mosqueteros puso en crisis a los que discutían. Se quedaron callados, tensos.

—Porque me está pareciendo que quien está de más soy yo. Creo que Arturo y tú se adoran, y yo lo que soy es un ruido en el sistema.

Estaba muerta del cansancio. De pronto tuve la impresión de que hacía siglos que nos atacábamos con los mismos argumentos. Aquello era idéntico a estar montado en un carrito de montaña rusa de parque de diversiones: ahora subimos—ahora bajamos, ahora subimos otro poco—ahora bajamos un poco más, ahora subimos de nuevo—ahora volvemos a bajar.

Me dio mareo. Es que hasta para sufrir hay que estar descansado. Un D'Artagnan exhausto recordó que ni siquiera podía regresar a su litera en la camioneta, y que, encima, debería hacerla ver mañana por un mecánico.

—Dame mi *jean*, Pablo, por favor. Me lo pongo y me largo. Si quieren un consejo: olvídense de mi existencia.

Me cambié de ropa en la cocina y salí echando de allí. Ellos estaban como alelados y no me detuvieron.

Cuando pasé por donde se había quedado varada la camioneta, le di un par de palmadas en el capó:

—Duerme bien y procura que no te roben ni media pieza, porque ahí sí que nos jodimos. Eres un desastre, pero te amo.

Después, vacilante, igual que D'Artagnan cuando consigue salir con vida del cuarto donde Milady de Winter trata de apuñalarlo, me subí a un ómnibus de la ruta quince.

Treinta

Dayana y Olga María no estaban en el cuarto porque andaban por ahí de paseo, cada cual por su cuenta y seguramente en buena compañía.

Athos fumaba mirando al techo, sobre la litera, en su postura favorita, con una mano atrás apoyando la nuca.

—Llegaste temprano, gato flaco —me saludó. Parecía melancólica.

—Beatriz, ¿quieres emborracharte conmigo?

—No. Mañana tengo ascensor y tú no debes gastarte el dinero en porquerías. Ven, trépate aquí.

Di un salto y me deslicé a su costado. Athos pasó un brazo por encima de los hombros de D'Artagnan.

—Coño, gato, somos la escoria de este cuarto. Nadie nos quiere. ¿A que vienes con penas de La Víbora? —Asentí y ella me apretó cariñosamente contra su cadera—. Tómalo con calma, vieja. Todo pasa, todo acaba curándose.

—Tú no eres una ermitaña como nos quieres hacer creer, ¿eh Beatriz? Eres reservada con tus cosas, sólo eso.

—A nadie ofendo siendo así, Margo.

—Pues no estoy de acuerdo. Creo que nos ofendes con no confiar en nosotras.

—Bueno, lo voy a pensar. ¿Abandonaste a tus amadores?

Asentí. Me estaba quedando dormida.

El sueño cayó parecido a una colcha que te cobija en tu peor invierno. Perdí la noción de lo que me rodeaba.

Cuando abrí los ojos era de madrugada, estaba sola en la litera de Beatriz, que se había ido a dormir a la mía, y Dayana y Olga descansaban las cabezas sobre sus respectivas almohadas.

Mi regalo marcaba las dos antemeridiano con un fulgor fantasmal en mi muñeca.

Me estiré como un elástico. Fresca, lúcida. El regalo cantaba *tic tac*. La tristeza se estaba purificando dentro de mí. Era una tristeza transparente.

Mi madre y sus vándalos continuaban existiendo. Bien. Si tenía que batirme, lo haría. El mayor riesgo de las guerras es que te pueden liquidar. Pero vivir de la forma que quieres tiene un precio y un riesgo, son las reglas del juego.

Paulibus seguía existiendo tras la cubierta de mis sesos. Dulce, ajeno, inalcanzado. Y también Arturo. El bello cuerpo de Arturo, tan deseable, y su ternura mientras yo apretaba los párpados, creyendo que era Pablo el que me acariciaba.

Eran de otro sexo, de otra sexualidad. ¿Sería una desventaja por siempre y para siempre? Mi desventaja. ¿Es que las mujeres teníamos que salir perdiendo eternamente, pasara lo que pasara?

Pero no soy una víctima, me dije. Soy un aprendiz de mosquetero y no me pienso rendir.

Alrededor de las seis abandoné las sábanas y por poco me caigo y me mato, porque no estaba acostumbrada a la altura de la litera de Beatriz. Los mosqueteros gruñeron sin salir del sueño.

Me vestí en la oscuridad, luchando con el cabrón *jean*, que había encogido una barbaridad desde el día del jugo de naranja y la lavada que siguió. Encasqueté la gorra en mi cabeza y me lancé a la vida.

Treinta y uno

A las diez de la mañana fue que mi camioneta empezó a reanimarse, y el mecánico que la atendió estaba tan quejoso que tuve que pagarle de más.

Había armado en mi cabeza un pequeño plan, así que pasé por el cuarto de Centro Habana, recogí algunas viandas y me volví a La Víbora.

En casa de la familia Mozart dormían aún. Costó trabajo que me escucharan y abrieran la puerta. Lo hizo Arturo con cara de sueño.

—Es que ayer olvidé que tenía unas viandas ahí para que le hagan puré a Amadeus —me excusé mientras le entregaba un cartucho que contenía malangas y ñames—. ¿Se acostaron muy tarde anoche?

Una vez adentro descubrí que el compositor de música clásica reposaba en su cuna, en el cuarto de Paulibus, pero que Paulibus y Arturo habían estado ocupando la cama de uno de los cuartos en desuso. Pablo se hallaba, además, desnudo bajo la sábana.

El panorama era revelador: me olí reconciliación y erotismo.

—Tengo una propuesta que hacerles —les dije de sopetón y sin rodeos—. Los dos me gustan mucho. Y si ustedes están de acuerdo, los tomo a los dos.

Parpadearon en silencio.

—Claro que a lo mejor no les parece buena idea —agregué.

Volvieron a parpadear.

—¡En fin! —suspiré decepcionada—, olvídenlo. Chau. Ya me voy. Descansen de la mala noche. Cuando Mozart se despierte, salúdenlo de mi parte.

Treinta y dos

Pasó una semana entera.

Me tocó llevar pasajeros a Matanzas y a Guardalavaca.

Mi hermano mayor vino en misiones diplomáticas para invitarme a comer con las hordas hunas. Estuvo discreto.

Dayana aparentemente comenzaba a resignarse a la idea de que su último amigo pasaría alguna vez a la historia como tantos otros, sin penas ni glorias.

Olga María experimentaba el inicio de un noviazgo convencionalmente apasionado.

Beatriz se cruzó de Schopenhauer y Thomas Mann, a Tagore y Marguerite Yourcenar. Fumaba igual que siempre, es decir, como una cabrona chimenea.

El jueves en la noche pintamos las paredes del cuarto con un galón de esmalte blanco que le negociamos a un vecino a cambio de un racimo de plátanos y tres aguacates. Sobró un poco de pintura y logramos adecentar la camilla y un pedazo del cuarto de baño.

Pero yo no me podía sacar a aquellos dos de mi cabeza. Me limitaba a convivir con mi tristeza, transparente y jodida. El mundo parecía haber perdido todo su encanto.

No hacía más que sobrevivir.

Convencí a Beatriz para que me acompañara a la comida del sábado con los hunos.

—Odio a las familias —me dijo.

—Hazlo por amistad.

—No tengo ropa decente que ponerme.

—Ve con la de siempre. Mientras más espantosa sea, mejor.

—Margo, es que me desespera la idea de tener que pasarme la noche allí.

—Beatriz, hazlo por mí, por favor, por lealtad. Sálvame la vida, anda.

Por fin se armó de tres cajas de cigarrillos y me escoltó, rezongando malas palabras.

Cuando detuve la camioneta en el sexto semáforo, tuve una revelación: sorprendí a Athos contemplando con mirada febril las curvas de una mulata que pasaba frente a nosotros, aprovechando el turno de los peatones. Me dije un «*¡Ajá!*», pero no demostré mis conocimientos.

En casa esperaban mi madre y mi padre en exclusiva. Los sorprendió que fuera acompañada, pero se deshicieron en lecciones de urbanidad aplicada.

—¿Y tu amiga en qué trabaja, Margarita? —preguntó mi padre, jovial como él solo, cuando nos servíamos la sopa.

Athos y D'Artagnan se miraron con el rabillo del ojo. Había llegado el momento de echar a andar la primera parte del proyecto de contraataque.

—Estudia Ingeniería Civil —mentí, en el tono de quien no le daba mucha importancia a la cosa.

—No me digas —se admiró papá.

Mi madre hizo un gesto de «*No está mal*».

—¿Y cuántas son ustedes en ese... cuarto? —sonrió mamá.

—Cuatro en total —le contestó Beatriz—; además de nosotras dos, una estudiante de Relaciones Internacionales y una estudiante de Medicina que acaba de empezar su especialización. En Pediatría, ¿no, Margo?

—Cirugía —dije yo.

Ahora sí que las hordas hunas estaban impresionadas. Mamá puso más sopa en el plato de Beatriz.

—Qué lástima que tengan que vivir en ese lugar tan... —se lamentó la productora de *slogans*.

Proyecto de contraataque número dos:

—Pero si nos mudamos pronto. ¿Margo no se lo dijo? Mi padre tampoco está tan contento de que yo viva allí, la verdad —Athos se veía sublime cuando actuaba—. Y nos está consiguiendo un apartamentico en Miramar. Es un poco lejos, pero... De todas formas, Olga va a tener carro pronto.

—Menos mal que ya te está creciendo el pelo—me comentó mi madre para congraciarse, y siguió con sus finezas, esta vez dedicadas a Beatriz—: Yo le digo a Margarita, joven, que lo mejor que hay son las buenas compañías. Qué mejor que andar con amigas estudiosas.

Cosas de la vida: si las inclinaciones de mi querido Athos habían pasado inadvertidas para los otros dos mosqueteros y para el aprendiz, no fue así para la mirada de mi padre, que tenía varias décadas de haberse graduado en la universidad de las calles.

—Usted... —le dijo a Beatriz con expresión almibarada— no tiene novio, ¿verdad?

Mi madre captó el mensaje. Mi padre y ella se quedaron observando a mi acompañante con una diabólica interrogante dibujada sobre las frentes.

Athos ya iba a poner en práctica el proyecto de contraataque número tres, pero me le adelanté:

—Soltera y sin novio —dije—, igual que yo. Por algo somos inseparables.

Mis progenitores cambiaron de color. También habían captado *ese* mensaje. Mi madre asintió y se fue a la cocina a buscar la fuente de fricasé.

—Entonces, Margarita, no piensas venir a vivir por ahora con nosotros —dijo papá después de un muy marcado punto y aparte.

—Creo que no. Me va bien con las muchachas. Beatriz y yo. —Mi pobre Athos se puso verde, porque por fin ella también había captado—. Nos llevamos de lo mejor. Y me está convenciendo para que empiece en la universidad en el próximo curso.

Al final hubo besos y palmaditas.

Salimos a la noche y Beatriz se ahogaba del furor:

—¿Por qué carajo insinuaste esa barbaridad? —cuchicheó.

—Nueva versión. Me pareció la más apropiada. —Entré en la camioneta con la ligereza de una liebre—: Una hija encaminada deja de necesitar a sus padres, y una hija con costumbres poco convencionales no es conveniente que viva con sus padres. Dudo que vuelvan a insistir en que regrese a casa.

Emprendimos el regreso al cuarto. Athos iba sombría, con oscuras energías bulléndole por dentro.

Dijo al cabo:

—Tú sabes, Margo.

—Sé.

Treinta y tres

Todos los mosqueteros tienen sus propios secretos, su pasado y sus pesares.

Dayana estaba llorando cuando llegamos al cuarto, bocabajo en la litera, asistida por Olga María.

—Es que se acabó su romance —nos informó Aramis con parquedad.

Pronunciamos un «*ah*». Tampoco era para sorprenderse.

—Pero por qué... —barbotó el pobre Porthos, entre hipidos, restregándose el maquillaje de los párpados con los dedos— tengo tan poca suerte con los hombres.

Su inocencia a veces resultaba abrumadora.

—Mi hermanita, es que tú escoges la morralla —le expliqué.

—Ustedes igual, y les va bien.

Un comentario escasamente afortunado. Olga fue la primera en saltar:

—El muchacho con el que estoy saliendo es muy decente, Dayana, y viene con buenas intenciones.

—Claro —se chanceó Beatriz entre cínica y macabra—, depende de a qué tú le llames buenas intenciones. Las buenas intenciones de algunos son casarse, y las de otros violarte y descuartizarte.

—¡Qué cosas tan imbéciles dices, chica! —desenvainó Aramis, echando llamas por los ojos.

—Tú, Margo —continuó Dayana—, te acostaste con dos tipos y...

—¡Alto ahí! —bramé—. Por mí no es nada, pero la verdad es la verdad: nunca me acosté con Pablo ni con Arturo. Claro que si lo hubiera hecho, qué. Ellos no son morralla. Morralla son los señores funcionarios que te traen desodorante de sus viajes al extranjero, a cambio de que te vayas con ellos a la cama.

—¡Está diciendo que me prostituyo! —gritó Porthos.

—No lo digo. Lo haces.

—¡Me ha dicho prostituta!

Y se largó a llorar con más fuerza todavía, rozando el ataque de nervios.

—Todo el mundo aquí está hoy muy desagradable —dijo Olga sensatamente—. Lo mejor que hacen es tranquilizarse y acostarse a dormir.

Estábamos llenas de resentimiento, claro: Dayana contra sus galanes, Beatriz contra el universo entero y yo contra esos dos desgraciados de La Víbora que no acababan de olvidárseme.

Hay que decir que lo que tuvieron que aguantar mis pasajeros en esos días no es para contarse.

Treinta y cuatro

Estaba a punto de convertirme en una sabia anciana de veintiún años. Y posiblemente tuviera muchísimo que aprender todavía.

Eso sí, de haber seguido tomando clases de gimnasia artística, planeando una boda con aquel estúpido espécimen de futuro doctor, y aunque me sentara en las bancas universitarias, no sabría ni la décima parte de lo que me enseñaban las carreteras, ardorosas al mediodía, temibles en las noches y sencillamente asquerosas cuando llueve.

Y ni hablar de las lecciones que sacaba de mi frustrada relación con la familia Mozart, ni de las páginas de psicología involuntaria que me suministraban mis tres mosqueteros.

Quizá nunca ganara lo suficiente para comprarme un carro de lujo o para habitar un caserón con piscina; nunca tendría secretarias, ni sería una persona importante y respetable, de las que tienen el sartén por el mango. Pero ¿quién ha dicho que los que manejan carros de lujo, habitan caserones con piscina, tienen secretaria y se consideran importantes y respetables son, además, felices? Creo que sería un contrasentido.

Es verdad que a veces me amargaba porque me habría gustado poder invitar a mis mosqueteros a un restaurante bien fino o traer muebles que valieran la pena para aquel cuarto esperpéntico. Por ejemplo, me moría por una grabadora. Pero nada que hacer: la pobreza es la pobreza. Ser mi propia dueña tenía un precio. No cambiaba mi destino por el de esas mujeres que van a trabajar por las mañanas, se esclavizan para sus hijos y sus maridos por las tardes, y se acuestan a dormir temprano por las noches porque mañana es la misma historia. Ni aunque me tapizaran una habitación con grabadoras.

Gracias a Beatriz, estaba empezando a tomarle gusto a la lectura. Ya no sólo de *Los Tres Mosqueteros*. Acababa de inscribirme en la Biblioteca Nacional y me parecía increíble la forma en que los escritores se dedican a poner en sus libros todo lo que a ti te pasa por la cabeza y ni te das cuenta, o no sabes cómo decírselo a alguien.

En general me gustaba bastante mi vida. Lo único que seguía agobiándome era el recuerdo de la familia Mozart.

Treinta y cinco

A los cuatro días de la invitación a comer en casa de mis padres, reapareció Arturo.

Caminamos por el Parque Central mientras hablábamos. Fue una conversación de lo más rara.

—Te mandó Pablo, ¿verdad?

—Sí —dijo.

—Quisiera saber, Arturo, si tú vienes cada vez porque quieres mucho a Paulibus, o porque eres muy débil de carácter, o porque tú también te alegrarías si yo vuelvo.

Movió la boca igual que si se tratara de un bigote, pero no me contestó a esa pregunta.

—¿Y tú? —me dijo en cambio—, ¿no te gustaría volver?

Las fuentes del Parque Central estaban funcionando, lanzando esos chorros tan canijos y ridículos. Nos sentamos en un banco vacío frente a una de las fuentes que tiene un gran plato lleno de musgo. Era por la tarde y había bastante gente, y niños que corrían gritando y jodiendo, pero en nuestro banco estábamos tranquilos y nadie nos podía escuchar.

—Mira. —Me sentía de lo más adulta a aquella hora, decidida «*a ser fuerte*»—. No sé ni qué decirte. Es que yo no he tenido nada nunca con Pablo ni contigo. Todo se quedó en intentos. ¿A qué volver?

—Él te quiere de verdad, Margo.

—Bueno, querer, lo que se dice querer, se quiere hasta a un pescado. Lo que necesito es que me amen.

—Tú siempre pides más de la cuenta.

—¿Viste? Es que soy así, no puedo evitarlo. Quiero todo o nada. Menos mal que nos entendemos sin necesidad de haberte dado con aquella barra de hierro por la cabeza.

Se estuvo riendo un rato, pero era una risa sin alegría.

Esa noche acompañé a Olga María a casa de una conocida que sabía manejar el tarot, y según ella me salieron en la tirada *El Enamorado*, *El Arcano sin Nombre*, *El Ahorcado* y no sé qué más.

En resumen, parece que el tarot decía que si yo pensaba que mis líos de amores se habían acabado, estaba muy equivocada, porque no hacían más que empezar.

Treinta y seis

Sabio tarot, a pesar de que me felicité por lo bien que me había portado, y lo madura y fuerte que fui en la conversación del Parque Central, el lunes amanecí deprimida, sin deseos de levantarme de la litera.

—¿No será que tienes gripe? —me preguntó Olga María mientras se preparaba para irse al trabajo.

—No —suspiré.

—Porque si es gripe te tomas una aspirina y una limonada caliente, te tapas bien y a sudar.

—Que no.

—Y hay otro remedio de lo más bueno —seguía ella como si nada—: leche con café y una línea de ron.

—¡Que no es gripe, vieja!

—Es... *love* —emitió Dayana, en tanto batallaba con una media de nailon—, ¿no le estás viendo esa cara y ese aspecto de mosca-matá-a-sombrerazos?

Beatriz inmovilizó el cepillo de dientes y dijo con la boca llena de espuma:

—Señoras, cuando ustedes se ponen así, con el moco caído, se encabronan si los demás les hacen chistes.

—Yo no le hago chistes —se molestó Olga María—, le estoy dando remedios para la gripe.

Me tapé la cabeza con la almohada para poder bramar con toda la fuerza de mis pulmones:

—¡Que no es gripe, coño!

—Qué carácter, mijita —deploró Olga María mientras abandonaba el cuarto armada con un portafolios repleto de artículos sobre enfermedades del ganado vacuno.

Dayana me revolvió el pelo con una mano antes de seguirla:

—Tómalo con calma. Yo pensaba que me iba a morir de amor, y mírame.

Athos se encogió de hombros y se puso a enjuagarse la boca.

—Qué fácil se arreglan los problemas ajenos, ¿no?

—Beatriz —gemí—, ¿qué hago? Yo no sé por qué me he puesto así. Ni siquiera estoy segura de por qué me he enamorado de ese par de energúmenos.

—Bueh, a mí no me gusta dar consejos. —Era mentira, pero quién era yo para decírselo, y menos cuando aguardaba por uno—. Te sugeriría solamente: si no vuelves, mantente en tus trece y ya pasará el sarampión. Y si vuelves, te quedas y peleas.

—¿Qué es lo que quieres decir exactamente?

—Gato, los oráculos no se explican.

Y se largó para su ascensor.

Tratar de ser fuerte y madura no me resolvía nada. Así que tomé café y arranqué rumbo a La Víbora.

Toqué a la puerta de los Mozart por poco menos de veinte minutos, pero no había nadie en la casa. Y entonces me dio por ponerme trágica. Como llorar no me servía de alivio, no lloré. Me quedé sentada en el quicio de la puerta, sufriendo, hasta que el sol empezó a pegarme más de la cuenta.

Finalmente me convencí de que estaba allí comiendo cáscaras y me fui sin dejarles una nota ni nada.

La mujer conocida de Olga volvió a tirarme el tarot y me dijo que, por las cartas que me salían, ella pensaba que «*el muchacho del que yo estaba enamorada tampoco podía olvidarse de mí, que aquel amor era más fuerte que nosotros*». Parecía parte de uno de esos poemas ridículos de José Antonio Buesa, pero se lo agradecí.

En las horas en que el cuarto de Centro Habana quedaba vacío, leía:

> *Levántame. De entre tus pies levántame,*
> *recógeme,*
> *del suelo, de la sombra que pisas,*
> *del rincón de tu cuarto que nunca ves*
> *en sueños.*
> *Levántame. Porque he caído de tus manos*
> *y quiero vivir, vivir, vivir.*

O:

> *Era mi voz antigua*
> *ignorante de los densos jugos amargos.*
> *La adivino lamiendo mis pies*
> *bajo los frágiles helechos mojados.*
> *¡Ay voz antigua de mi amor,*
> *ay voz de mi verdad,*
> *ay voz de mi abierto costado!*

En medio de todo era un alivio enterarse de que tipos como Sabines y Lorca se habían sentido *así* alguna vez.

Treinta y siete

Al final me dio tan fuerte, que dejé de dormir y de comer. Me puse transparente. Hasta Beatriz empezó a pensar que ya lo mío era demasiado.

Sólo me sentía medianamente bien cuando agarraba el timón con las dos manos, los ojos fijos en la cinta de asfalto, carretera arriba y carretera abajo, y me perdía con mis pasajeros por ciudades de otras provincias, o por esos pueblos viejos, que están todos cortados por la misma tijera, con parque, iglesia y glorieta, muertos de sueño bajo el resplandor de un verano sofocante.

Por poco no sobrevivo, pero hice bastante dinero. Tomaba café en cualquier parte. Al final, sentí que se me destapaba un tragante en el estómago, en un lugar donde la naturaleza no pone tragantes. Olga pronosticó una úlcera.

La vez que me retorcí de dolor en la litera y me tuvieron que rellenar de antiácidos, Dayana me aferró por los hombros y me zarandeó con furia:

—¡Oye lo que te voy a decir, so tarada!: hay varios millones de hombres en este mundo, para que tú vengas a encapricharte con dos que no se acuerdan de ti.

—Gato, es que ya lo tuyo está pasando de castaño a oscuro. No es posible que te comportes como si se te hubiera acabado la vida —intervino Athos, moviendo lentamente la cabeza a uno y otro lado.

—Margo —aconsejó Olga María—, ¿por qué no vas a un médico? Y no sólo por el estómago, sino a ver si te manda algo que...

—¿Qué me haga olvidar?, ¿es eso?, ¿quieres que me receten pastillas para olvidar?

—¡Ay, por Dios, no seas melodramática! —gruñó Beatriz.

—Déjenme morirme, pero morirme en paz, háganme el cabrón favor —les dije volviéndome de cara a la pared.

—¡Ni lo sueñes! —me contestó Dayana.

Treinta y ocho

Algún dios quiso que a Olga se le partiera un empaste dental y que la muela empezara a dolerle de una forma horrible.

Olga María era bastante valiente. Dos cosas le causaban espanto en exclusiva: las cucarachas voladoras y los dentistas. La idea de tener que visitar a un individuo que maneja un sillón giratorio y un aguijón eléctrico que suena de esa manera crispante, la puso en crisis. Estaba tan mal, que Athos y Porthos se comprometieron a pedir permiso en sus respectivos trabajos para acompañarla. A mí me excusó de ir por puro milagro.

Pues ahí estaba yo, tirada igualita que una marsopa encima de mi litera, pensando en las musarañas y masticando mi depresión, cuando los tres mosqueteros llegaron muy serios, casi compungidos. Llegué a suponer que a Aramis le acababan de dictaminar algo tremebundo, como cordales deformes o quistes en el cielo de la boca.

—Margo —comenzó Dayana, que disfrutaba muchísimo con aquel tipo de escenita que se avecinaba—, ¿estás en condiciones de oír una cosa?

Me asenté, erizada.

—Depende de qué cosa —dije con cautela.

—Bueno, tampoco la asustes, tú —se quejó Olga, hablando de medio lado porque le quedaban restos de anestesia local.

Beatriz se sentó en el suelo, cerca de mi cabecera.

—Yo soy rápida y concisa: soy la más indicada para contar.

Temí ser huérfana por partida doble.

—¿Qué fue lo que pasó, señores? Me están poniendo nerviosa.

—Estábamos en la sala de espera del policlínico y nos encontramos con Arturo.

Ni sé quién lo dijo por fin. Empecé a temblar.

—Había llevado al niño al médico —siguió Dayana—, pero no porque el niño estuviera enfermo. Tenían que pesarlo o algo así. Oye, te pusiste pálida, no te irás a desmayar, ¿verdad?

—Contrólate, Margo, que ya el romanticismo pasó de moda.

—Nos vio y se acercó a saludarnos.

—¿Sabes lo que nos contó?

—Parece que Pablo está de lo más deprimido.

—Te sigue extrañando.

—Y Arturo tampoco tenía buena cara.

—La otra tarde tuvo que llevar a Pablo al hospital a que le pasaran un suero, porque la depresión le dio por vomitar cuanto come. El médico dijo que eran los nervios y nada más.

—Le hicieron ni se sabe cuántos análisis y está perfecto. Pero no puede ni ver la comida.

—Bueno. Arturo dijo que él también está deprimidísimo y que tampoco comía casi.

—Que lo único que los sostenía era tener que cuidar a... ¿cómo le pusieron a ese niño, tú?

—Amadeus.

—¡Oye, la gente inventa cada nombre!

—Nosotras no le contamos que tú estabas en ese estado de mierdez, para que no se fuera a creer.

—Y ahora viene lo mejor.

—Dice Arturo que darían cualquier cosa porque te aparecieras por allá. Que mientras más tiempo pasa, es peor. Así como lo digo suena de lo más ridículo, pero el muchacho estaba conmovido, la verdad. Dice que mientras más tiempo pasa menos te pueden olvidar.

Apoyé la espalda contra la pared.

—Cuentos —dije—, puros cuentos. Yo no les intereso para nada.

—Ah, no jodas, gato —se exasperó Beatriz—, ¿tú crees que Arturo se iba a pasar más de una hora llorándonos miseria porque le caemos bien? ¡Fue para que te lo dijéramos, infeliz!

Dayana le alcanzó una aspirina a Olga María y comenzó a partir naranjas.

—Es que a ella le encanta imaginarse que es la víctima —dijo—. ¿Alguien además de Olga quiere jugo de naranja? Hablen ahora o callen para siempre.

—Si lo vas a hacer, hazlo para todo el mundo y no seas vaga —intervino Olga, y a continuación me enfrentó—: Margo, ¿tú estás en tus cabales?

Yo entré en una especie de estado de catalepsia, así que optaron por dejarme quieta.

Calibré que el *shock* me estaba pasando, porque en un momento dado rompí a reír. Me reí sacudiéndome, haciendo retemblar la litera. Me tapé la boca con la mano y luego con la almohada, pero no hubo modo de que parara. Me reía con unas ganas terribles. Ya me dolían los músculos de la barriga.

—Oye, ¿qué te dio? Vas a tumbar la litera —dijo Beatriz alarmándose.

—Habría que echarle agua fría en la cara —opinó Olga María.

—O darle dos buenos gaznatones —dijo Dayana.

Por mí, como si me trucidaban. Era presa de una risa descomunal, gigantesca, irreprimible. Al final, rodeada de los preocupados mosqueteros, se me acabó la cuerda y quedé relajadísima.

Athos, Porthos y Aramis me obligaron a levantarme, a ducharme y vestirme, y casi me encaraman en la camioneta.

—¡Dale para La Víbora, carajo! —me atojó Beatriz—, procura no chocar y haz algo por ti misma, ¡so pendeja!

Treinta y nueve

Camino de la casa de la familia Mozart estuve a punto de estrellarme más de trescientas veces. Y una vez en el barrio, después de parquear donde siempre, no me decidía a bajar de la camioneta.

Me repetí varias veces que era un aprendiz de mosquetero, pero eso no me resolvió demasiado, porque si ustedes mal no recuerdan, D'Artagnan se ponía hecho un trapo cuando tenía que encontrarse con la Señora Bonacieux.

Al rato atravesé la calle, me interné en el portal y levanté la mano para tocar a la puerta. Por fin no toqué con la mano, sino con la frente, que dejé caer un par de veces contra la madera. Apareció Arturo desconocido: era un conjunto de huesos con ojos claros.

—Margo —alcanzó a musitar.

En cuanto a mí, se me había olvidado el idioma.

Arturo extendió sus brazos y me atrajo. Me besó apretadamente, mojadamente, más ávido que un sediento en agosto. Por poco nos caemos. Los dedos de mi antiguo rival me acariciaban la cabeza, se me clavaban en la espalda. Cuando atinamos a cerrar la puerta, me agarró de la mano y me llevó adonde estaba Paulibus.

Si Arturo parecía salido de un campo de concentración, Pablo como que se había muerto ya. Estaba sentado en un sillón, meciéndose lentamente, cerca de la cuna de Mozart.

Dumas habría podido saber con antelación lo que yo haría: me hinqué de rodillas y lo aferré por la cintura. Él se contrajo igual que si le doliera la barriga y me estrechó.

Dijo, todo melodramático:

—Nos estábamos muriendo sin ti, Margo.

Arturo nos abrazó.

Estuvimos así, acalambrándonos por mantener la misma postura, callados, apretados, pasándonos las bocas húmedas por los rostros, hasta que el compositor de música clásica rompió a berrear exigiendo atención.

Cuarenta

La cama del dormitorio en desuso parecía una isla blanca. Y estábamos, por suerte, desterrados en esa isla, con un cielo también blanco arriba. El mar era una neblina penumbrosa que crecía a medida que crecía la noche. No nos habíamos quitado más que los zapatos.

Alargábamos unas manos frías y asustadísimas para acariciarnos. Nos moríamos del miedo. Sepultábamos los dedos en el pelo de unos y otros. Era una sensación extraña estar ahí, desconocida. Como si fuéramos animales de una misma camada. O náufragos. O gente que renace en algún paraíso.

Yo aspiraba fuerte para percibir el olor dulce de Paulibus y el olor a mango con sal de Arturo. Sus lenguas se confundían entre mis dientes. Sus vientres calentísimos me emparedaban. Paulibus se me hacía un ovillo entre las piernas y Arturo nos abarcaba con los brazos, nos halaba hacia él, nos sorbía.

Lorca dijo: «Amor de mis entrañas, viva muerte».

Sabines dijo: «No es que muera de amor, muero de ti».

Los Beatles dijeron: «*All you need is love*».

Y Paulibus dijo:

—Soy de ustedes.

Y Arturo dijo:

—No los quiero soltar.

Y D'Artagnan, el de La Habana, dijo:

—Los necesito.

La gran ola de la noche nos tragaba. Latíamos blandamente en un caos tibio de miembros. No sabía quién enredaba los dedos en mi cerquillo ni quién entrelazaba su tobillo con el mío.

Mozart dio la hora. Paulibus fue y lo trajo. Se sentó en una esquina de la cama con las piernas cruzadas, a darle el pomo de leche.

Yo pensé que a lo mejor en ese mismo momento por ahí, por esos mundos, soplaban las tormentas y las gentes se machacaban las cabezas, pero que en nuestra isla blanca, reunidos bajo el resplandor de la lámpara de la mesa de noche, éramos por fin la más sagrada familia: Amadeus y sus tres reyes magos.

Cobijados y aligerados de penas. Grandiosos. Cálidos.

Y Olga María tiene la razón en cierto sentido: el amor a veces puede prescindir del sexo. En aquella primera noche nadie traspasó la barrera de la ternura. No dormimos ni un minuto, pero cuando llegó el amanecer y nos rendimos de sueño, ninguno de los tres se había quitado siquiera la camisa.

Segunda parte

Uno

Siempre que mi madre quería echarme abajo alguna felicidad, recitaba aquello de «*escobita nueva barre bien*».

Pues pasaron varios días y la escoba de los Mozart andaba barriendo mágicamente bien. Yo no soy mi madre, de modo que aproveché para desquitarme por todo lo sufrido. Faltaba más: dolor es lo que se sobra, así que, ¿voy a estarle haciendo ascos a la felicidad cuando aparece?, encima de que casi siempre aparece miserablemente dosificada.

A poco de frecuentar la casa de La Víbora descubrí las carencias de Arturo y Pablo, que evitaban gastar en ellos mismos con tal de que no le faltara nada al renacuajo. Y aquel tipo microscópico sí que gastaba: pañales, ropa que al instante le quedaba estrecha, juguetes de goma, leche, compotas, papillas, vitaminas, libros de puericultura...

Decidí hacer un viaje extra para poder entregar íntegro el pago a los padres del pequeño monstruo.

Salí en una soleada mañana rumbo a Vuelta Abajo y ni siquiera miré con mucha atención a mis pasajeros, porque tenía la cabeza demasiado llena de cosas. La gente se fue quedando por el camino. Y cuando restaba una sola persona junto a mí, caí en cuenta de que se trataba de aquella cuarentona que encerraba a sus hijos a la menor provocación, empezando por la que se le quería casar y no terminaba la escuela secundaria.

Le dediqué un vistazo y sonreí:

—¿Cómo le va? No la había reconocido.

—Aquí me ve —suspiró ella.

—Usted siempre viene para Vuelta Abajo, ¿no?

—Es que tengo un hermano por aquí —me dijo.

Los campos que corrían paralelos a nuestras ventanillas eran de todos los tonos de verde que cualquiera pueda imaginarse, desde el tierno de la hierba hasta el claroscuro brillante de las hojas de los laureles. Había flores: puntos rojos y amarillos en el mar de verdes. Y sembrados. Y vacas que pastaban pacíficas, tan lejanas, que uno podría agarrarlas con la mano; vaquitas aterciopeladas de Gulliver.

—Bueno, qué me cuenta de sus hijos. ¿Qué pasó al fin con la que quería casarse y usted la castigó?

Se produjo un cambio de tal magnitud en la atmósfera de la camioneta, que no me quedó más remedio que mirar a la cuarentona de reojo, y la vi llevarse la punta de los dedos a la frente.

—¿Tuvo algún problema la muchachita?

—Se mató —dijo, con voz descolorida.

—¿Eh?

—Se suicidó —y al cabo de un momento, en un tono tan bajo que apenas se le entendía—: Se cortó las venas.

Siempre me he preguntado qué se dice en estos casos. Es igual que cuando uno tiene que parar delante de esos dolientes que se sentaron junto al ataúd. ¿Qué se les puede decir que no suene a chiste o a melodramón? Carraspeé y aceleré un poco la camioneta.

—¿Fue hace mucho? —produje por fin.

Ella ni se enteró de mi intento. Dijo:

—Pobrecita mi niña, tan bonita como era. Cuando entramos, el baño estaba lleno de sangre. La llevamos corriendo, pero antes de llegar al hospital, ya... Se había estrenado un vestido, y el vestido tenía tanta sangre encima, que cuando se secó parecía de cartón. No había cumplido los dieciséis. Era... la única hembrita de casa.

Y se largó a llorar.

Frené donde no pudieran chocarnos, mientras la mujer barbotaba frases que se le quedaban entre los dedos con que se apretaba la boca. En casos así las palabras no sirven; en casos así, definitivamente, las palabras son una mierda.

La abracé y ella se me prendió del cuello igual que si me conociera de toda la vida. El pecho le temblaba como gelatina contra mi pecho. Ya no hablaba, soltaba sonidos inarticulados en mi hombro. Y aquella sensación de sostener a alguien que se te desmorece encima, incapaz de ser otra cosa que un perro que aúlla sobre una tumba, me rompió en pedazos.

Recordé a mi productora de *slogans*. La imaginé en un trance parecido. Si por ejemplo Dayana no se hubiera paseado junto a las rocas del malecón en el día susodicho.

Tal vez hay algo, no sé qué, impalpable, pero más fuerte que el acero, entre la madre y su hijo. O entre el que cría a un niño y su criatura.

Me pregunté si mi madre alguna vez, entre *slo-gan* y *slogan*, se habría inclinado sobre mi cuna con tanta unción como aquellos dos de La Víbora, cuando le susurran a Mozart frases sublimes, tipo zureo de paloma: «*To to to, ovejita, to to to, caballito de cristal*», completamente inmunes al ridículo.

¿Qué hilos nos unirían a mi madre y a mí en las lejanas sesiones de la toma de la leche?, ¿me canturrearía algo semejante al *to to to*?

Por fin la mujer sacó un pañuelo y trató de componerse la cara.

Seguimos viaje. Ella no volvió a hablar. Yo, que la vigilaba de reojo, veía correr sin remedio las lágrimas por su rostro desgastado. Llegados a nuestro destino, antes de que se bajara, puse mi mano en su brazo y le dije:

—Lo siento, no sabe cuánto lo siento.

Asintió y trató de hacer una sonrisa, más bien una mueca, después agarró su maletín y desapareció de mi vista.

Dos

De regreso de Vuelta Abajo me sentía demasiado conmocionada para ponerme a luchar con Pablo y Arturo, así que no me fui a La Víbora, sino que recurvé adonde mis mosqueteros yacían dormidos en sus literas.

Y apenas me agarró el sueño tuve una visitación: Se acercó un fantasma increíblemente pálido y desdibujado, que me dijo:

—Me duelen las heridas de las muñecas, todo el tiempo me duelen.

—Estás loca —lo amonesté—, ¿tú sabes lo que es no haber cumplido ni dieciséis años y estarte convirtiendo en huesos, todo por atolondrada?

—Fue horroroso —dijo el fantasma— y necesito contárselo a alguien: Hay un momento en que empieza a faltarte el aire y sientes que te vas, y quieres volver atrás y ya no es posible. Y tienes tanto miedo y tantas ganas de volver, pero se te ha cerrado la puerta. El cuerpo no quiere irse, se retuerce hasta que entiendes que has acabado con tu pobre cuerpo, tu cuerpo tuyo. Y te enloqueces de horror, pero ya no queda tiempo, ya se cerró la puerta...

Al otro día Beatriz, que no fue a manejar su ascensor porque andaba con gripe, me preguntó:

—¿A ti qué te dio anoche, que te pasaste la madrugada soltando unos quejidos lúgubres?

—Tuve visita —le contesté. Y me quedé pensando—. Beatriz, ¿tú nunca trataste de suicidarte?

Ella largó a Tagore y miró más allá de mi persona, hacia la pared recién blanqueada.

—¿Quién no de los que yo conozco?, ¿quién no ha pensado alguna vez en eso, por lo menos? Es una barbaridad tan grande.

—Es como una enfermedad.

—Es algo tan serio —Athos parecía estar acordándose de quién sabe qué—, porque te jode definitivamente. Tú fuiste muy sabia, gato.

—¿Sabia yo?

—Claro: suicidaste simbólicamente a aquel Yo que no querías.

Me quedé encantada:

—¿Pues sabes que lo hice sin darme cuenta?

—Te quemaste en efigie: quemaste todo lo que te desagradaba de tu vida. Y renaciste. Eso deberían proponerlo en las escuelas.

—Bueno, no creo que nadie vaya a condecorarme.

—No hacen falta condecoraciones —dijo mi mosquetero favorito con mucha seriedad—, conservaste tu vida y ya es bastante: ¡es todo!

Antes de poner rumbo a La Víbora con el dinero y las viandas de rigor para Mozart, me di un salto hasta la casa de las hordas hunas.

Mi padre trabajaba a aquella hora, así que mi madre estaba sola. Se sorprendió al verme. Creo que se alegraba, pero lo disimuló de lo más bien.

—No voy a entrar —la saludé—, estoy apurada.

—¿Necesitas algo?

—Sí. Algo que quiero decirte.

La productora de *slogans* me miró intrigada a la cara, ella que por lo común se dedica a mirarte de pies a cabeza para ver en qué fallo te sorprende.

—¿Qué?, ¿pasa algo malo?

Vacilé. Era increíble, lo que podía decirle tan fresca a Pablo o a Arturo, me costaba horrores decírselo a mi madre.

—Mamá —dije, tratando de no parecer solemne—, creo que nunca voy a volver a vivir contigo. Ni voy a obedecerte. Ni voy a estar de acuerdo contigo en la mayor parte de las cosas. Pero eso no quiere decir que no te quiera. Porque yo te quiero, ¿tú sabías?

Se quedó petrificada. Creo que si en ese momento le dan un golpecito, se pulveriza. Por fin parpadeó y tragó saliva. No se le ocurría qué contestarme.

Para hacérselo más fácil, di la espalda y me fui. Pero cuando le eché una ojeada por la ventanilla de la camioneta, sonrió de una manera extraña en ella y me dijo adiós con la mano.

Y todo eso, comúnmente, es un derroche inútil para mi mamá, que conste.

Tres

Pablo no quería aceptarme el dinero.

—¿Ah, no? —me indigné—, ¿así que tú aceptas lo que te da Arturo, pero lo mío no? ¡Pues no es justo! ¡Si no puedo participar en el mantenimiento de Mozart, es que no soy de la familia!

Él se quedó mudo y yo me pasé ofendida el resto del día.

Hizo más aún en lo que quedaba de miércoles, que fue algo así como el Día Internacional de la Ofensa. Para empezar, se negó a que yo fregara la loza del almuerzo:

—Pero ¿por qué no?, ¿soy visita, acaso?

En otro momento, salió de ducharse y Arturo y yo estábamos sentados en el borde de la cama, haciéndole gracias a Amadeus a través de los barrotes de la cuna.

Pablo se había puesto solo el pantalón del pijama, y su piel, vista de tan cerca, recién restregada, daba ganas de morderla.

—¿Qué hacen? —nos preguntó.

Arturo agarró a Pablo por la cintura y lo atrajo. Paulibus quedó sentado en sus rodillas y se estuvo quieto un momento. Pero cuando Arturo le empezó a besar la espalda, se levantó de un salto:

—Voy a tender la toalla en el patio —dijo.

Por primera vez en la historia tuve un verdadero ataque de furor con mi flor:

—¡No vas a poner a secar nada! —le grité—, ¡lo que pasa es que no quieres que yo mire cuando Arturo te besa!

—No es eso —dijo Pablo.

—Sí lo es —dijo Arturo.

Mi amado tormento bajó la cabeza:

—Me da vergüenza —confesó, y se fue a colgar en el patio la maldita toalla.

Lo hubiera despedazado. Me quedé pegando puñetazos arriba de la cama.

—¿Cuándo te vas a acostar con nosotros, Margo? —se le ocurrió a Arturo preguntarme justo en ese momento, de lo más oportuno—. Ya todo el mundo lo necesita.

—Pues no es la impresión que tengo. Hay una parte del mundo que está renuente —suspiré, y Arturo me obligó a poner la cabeza en su hombro y me pasó el brazo por la espalda—. Además, ayer me hice la prueba del sida, y hasta que no me den los resultados, no pienso acostarme con nadie.

Él me miró con sorpresa.

—Pero tú nunca te has acostado con nadie, ¿verdad?

—Nunca.

—Margo, ¿entonces eres virgen?

Me puse rígida:

—No señor.

—No te molestes, Margo. Es una pregunta sin intención. A mí qué me importa que seas virgen o no. Eso es una estupidez. Nosotros ya nos hicimos la prueba del sida cuando supimos que tendríamos a Amadeus en la casa.

—Va a ser muy difícil poder acostarnos los tres, Arturo. —Me estaba poniendo cada vez más triste—. Sigo teniendo dudas de si Pablo me ama.

Empecé a recoger mis cosas para irme. Arturo se apesadumbró, y Pablo vino a plantarse delante de mí, desafiante:

—¿Adónde te crees que vas?

—A mi casa a dormir —contesté, muy digna.

—Esta es tu casa.

—No, esta no es mi casa ni esta es mi familia. Y lo sabes mejor que yo.

Hay que confesar que cuando Pablo se pone en ese estado de furia, se ve precioso, los ojos le brillan igual que dos luceros.

—¡Tú no sabes hacer relaciones con nadie! —bramó—, ¡duermes donde te da la gana y te pasas días enteros rodando por ahí, recogiendo a quién sabe qué gente en la carretera!

Dejé mi gorra y la mochila sobre la mesa, porque ahora sí que no me podía ir sin aclarar ciertas cosas.

—Óyeme lo que te quiero advertir —le dije, con voz helada—. Me largué de casa de mis padres para poder mandar en mi vida. Yo te quiero, pero no voy a ser tu juguete. ¡A mí me tienes que respetar, y tienes que respetar mis decisiones! No duermo aquí, porque no tiene sentido que duerma con un tipo al que todo le da vergüenza conmigo. Y en cuanto a rodar por la carretera, esa es mi forma de ganarme la vida, y me gusta y no lo voy a dejar.

Pero ya Arturo se hallaba encarnando su papel de amante trágico:

—Tú aquí no vas a dormir solamente con Pablo —se quejó—, porque yo también existo. Claro que como de quien te enamoraste fue de él... Yo no soy más que un plato de segunda mesa.

Estaba resultando complicado querer a tanta gente.

—¡Cállate y no te metas! —le gritó Pablo—, ¡que esto es entre Margo y yo!

—¡Pues sí me meto, y bien! Porque yo la quiero, ¿me oíste?, y posiblemente más que tú.

Se retaron con los ojos.

—¡No empiecen a fajarse! —vociferé—, ¡la próxima vez que se fajen por mí, les voy a dar golpes a los dos! ¡Y me voy!

Arturo me aguantó por el brazo con su famosa fuerza y me hizo un hematoma enorme.

—¿Lo estás viendo? —rugí—, ¡eres un cabrón troglodita!

El pobre, fue demasiado para él, enseguida se nos puso sentimental. Pablo y yo quedamos desarmados.

—Arturo —le dije abrazándolo—, perdóname, por favor. Arturo. Tú no eres un plato de segunda mesa, ¿cómo se te ocurre?

—Sigo estando de más —gimió él—. Si ni siquiera me consideras cuando discutes con Pablo.

No había modo de desenredar la pita.

—No sigas sintiéndote inseguro, Arturo, por Dios. Yo te quiero, te juro que te quiero. La verdad es que estoy loca por los dos. Pero ¿saben algo?, mientras no haya sexo entre nosotros, no pienso quedarme a dormir aquí.

Y a continuación subí a la camioneta y me alejé hacia Centro Habana.

Cuatro

No regresé a La Víbora hasta que me dieron los resultados negativos de la prueba. Esa tarde Arturo había pasado por el cuarto de Centro Habana y le pregunté:

—¿Viniste porque te mandó él?

Arturo se encabronó:

—¡No, vine por mí mismo! Pablo ni siquiera sabe que estoy aquí.

—Claro, si a él no le importa si yo voy o vengo, si vivo o si muero.

—No seas así, Margo. A él sí le importas.

Cuando llegamos a la casa, Paulibus ni siquiera me quería mirar. Fui y lo agarré por los hombros, y lo obligué a enfrentarme:

—Pablo —le dije—, ¿qué va a ser de nosotros si no maduramos aunque sea un poco? Esta relación no acaba de empezar y ya es un manicomio. ¿Es que no quieres conservarnos a Arturo y a mí?, ¿es que no nos quieres?

—A veces con querer no basta —contestó en voz muy baja.

Entonces mis pupilas se encontraron con las de Arturo, y Arturo asintió.

Mozart dormía en su cuna, allá en el dormitorio de Paulibus, y nosotros habíamos estado hablando parados en la puerta del cuarto que normalmente no se usaba.

—Ven —llamé a Paulibus y le tendí una mano, con tanta delicadeza como cuando uno quiere atrapar a un pollo particularmente jíbaro.

Él, de inocente, me dejó abrazarlo y se puso a besarme. Yo le hice una seña a Arturo, y Arturo se le pegó por detrás a Pablo, y entre los dos lo llevamos hasta la cama del cuarto en desuso.

—¡Ahora te quedas ahí, quieto! —le advertí mientras le quitaba la ropa y Arturo cerraba precipitadamente puertas y ventanas.

Desnudo, con aspecto de indefensión, Paulibus empezó a temblar. Estaba aterrado.

Me saqué a toda prisa el pulóver, el *jean* y los zapatos. Los sorprendí a los dos comiéndome con las miradas. Yo estaba flaca, pero la gimnasia artística me había formado un cuerpo que, la verdad, no se veía nada mal.

Arturo, a pesar de los malos tiempos por los que acababa de pasar, seguía siendo un tipo tremendo, para chuparse los dedos. Y Paulibus tenía un cuerpo delicioso: apretado, enjuto, armonioso.

Cuando apresamos a mi flor entre sus dos amadores, se debatió un momento, y luego tuvo que rendirse. Por otra parte, se volvió loco: yo le quemaba el vientre y Arturo le quemaba la espalda con nuestros calores desatados.

El aprendiz de mosquetero pensó por un momento que no iba a poder sobrevivir a tanta calentazón.

Pablo entró en lo que quedaba de mi virginidad, y dudo que consiga describir demasiado bien aquella sensación de que estaba encontrando por fin algo que durante toda la vida me había faltado.

Arturo se prendió de mi boca por encima del hombro de Pablo, haciendo un gesto que me erizó de placer: empujó la barriga contra el que nos unía. De pronto me di cuenta de que lo estaba penetrando. Es más, el convencimiento de que Arturo entraba en Pablo, me provocó una serie de espasmos de placer que me cortaron la respiración.

Paulibus dejó escapar un jadeo y un pequeño quejido, pero no apartó su mirada de la mía. Entre él y yo hubo algo así como un entendimiento raro en ese instante, igual que si me dijera: «*Ahora los dos somos tuyos, y tú puedes disfrutar de lo que hacemos*».

Con cada empujón de Arturo, Pablo se adentraba en mí, y yo empujaba a mi vez y Arturo se adentraba en él. Las manos de Arturo me ceñían la cintura.

Vean, señores: los poetas saben sobre esas cosas, pero parece que casi ninguno escribe sobre esto, y es una verdadera lástima.

En cierto momento hubo un relámpago, y a continuación Pablo nos mojaba, y Arturo nos mojaba, y yo también mojaba a todo el mundo, y aquello debió ser como un río. Y los olores de los tres eran suaves y agradables.

—Por favor, Margo —dijo Arturo—, yo quiero hacerlo.

Fue a lavarse y volvió. Nos sentamos en la cama uno frente al otro, y él no sabía muy bien cómo arreglárselas, pero entonces Pablo lo guió y con su propia mano puso su sexo en el mío.

Al amanecer estábamos desmenuzados de cansancio, así que nos rendimos unos encima de los otros.

Y podemos dar gracias a que Mozart fue tan considerado que durmió hecho un bendito en su cuna del otro cuarto, y no chistó ni media vez en toda la noche. Debió ser un milagro.

Cinco

Un enorme recipiente de arroz con leche señoreaba encima de la camilla del hule.

—Tu mamá lo hizo y tu papá lo trajo —dijo Dayana.

Tomé asiento en una de las literas, contemplando el dulce con ojos soñadores.

El cuarto de Centro Habana estaba murruñoso: Olga acababa de fijar fecha para su boda con el compañero de trabajo, y el individuo amenazaba con aparecerse esa tarde.

—¿Y dónde es que van a vivir? —le preguntó desganadamente Dayana a nuestro Aramis.

—En casa de su abuelita —contestó Olga.

—Tú no sabes la guerra que dan esas viejas —comentó Beatriz mientras acababa con una caja de fósforos sin conseguir que le prendiera el cigarrillo.

—La acabo de conocer y es una persona dulce y amable —dijo Olga María con retintín.

—Eso parecen al principio —dijo Dayana.

—Así son —corroboró Athos escaldándose la punta de la nariz con el súbito chisporrotear de tres fósforos juntos—, cuando te las presentan, le dan a uno su mejor cara, y después descubres que tenían esqueletos guardados en las gavetas de la cocina.

Aramis les dedicó una mirada de exasperación, pero no se molestó en replicar.

—A veces —dijo Dayana, reflexiva, revolviendo cosméticos en la mesa de noche— son hasta peores que las suegras.

—Bueno, pero qué coño les pasa a ustedes, ¿ah? —explotó Olga por fin.

—Celosas —le aclaré—: estamos más celosas que unas arañas peludas. ¿No ves que el energúmeno ese te va a tragar por completo y no va a dejar ni un pedacito para nosotras?

—¡Bah, qué bobería! —dijo Aramis, pero la idea de nuestros celos le encantó.

El energúmeno llegó a eso de las doce, a participar en un almuerzo menos animado que el de los condenados a muerte en vísperas de su ejecución. La única que se tomó el trabajo de gorjear todo el tiempo fue la novia. Por otra parte, el energúmeno tampoco se preocupaba de nosotras. No existían más que el uno para el otro. Los odiamos a los dos en esa tarde.

No probé el arroz con leche, pero el hecho de que la promotora de los *slogans* se hubiera esmerado delante de su fogón, revolviendo aquella masa asquerosa, y que mi padre abandonara sus quehaceres de tiempo libre, como hojear el periódico y vegetar delante de la televisión, para cargar con la vasija de dulce rumbo a nuestra cueva, me producía una especie de alivio. No sabía por qué, ni en qué consistía ese alivio, pero estaba ahí, dentro de mí, y era bueno.

Seis

Para que vean lo que es la vida: cuando ese mes se me desató la menstruación fue que me dio el ataque de pánico, porque justo entonces caí en cuenta de que no me había protegido la noche aquella en que los tres paramos en la cama.

Se lo dije a Dayana y puso el grito en el cielo:

—¡Tú estás demente, desgraciada!, ¡qué se hacen ustedes si te empezara a crecer la barriga! Con el que tienen en la cuna les basta de momento.

—Sí, que Dios me libre —dije con unción.

—¿De verdad que no quieres tener uno, de verdad que no? —indagó Olga María, curiosa.

—No —dije con espanto—, ¡oh, no! No quiero. Eso que te crece por dentro, igual que un tumor. Ciclo santo.

Los mosqueteros me dedicaron una mirada estupefacta.

—Acabas de decir algo horrible, Margo —se dolió Aramis, que probablemente ya estaba calculando comenzar a preparar en poco más de nueve meses su propia canastilla para recién nacido.

No hablamos más del asunto.

Dayana me acompañó a ver al ginecólogo, que me colocó algún aditamento para prevenir embarazos.

—No me gusta ser mujer —le dije a Porthos mientras regresábamos del policlínico y atravesábamos a paso lento el Parque Central.

—Pero ¿por qué?, si ser mujer es de lo más entretenido. Y ser hombre es aburridísimo. Imagínate que ni siquiera se maquillan.

—¿Ah sí? —me burlé—, ¿y tú por qué andas con ellos?, ¿por qué mejor no te acuestas con tipas que se maquillen?

—Qué salidas tienes —dijo Dayana, sin inmutarse—. Sean como sean, a mí me gustan los hombres.

—Pues no me lo explico.

Los cheos que se reúnen en las bancas de mármol del Parque Central para discutir sobre pelota, empezaron a silbarle a Dayana y a gritarle: *«Mamitaaa, estás buenísimaaa».*

—Margo, es que tú te complicas la vida a unos niveles... —suspiró ella—: Esa misma relación que llevas...

—¿Qué tiene mi relación? —gruñí.

—Es rara.

—A mí me gusta, Dayana. Es *mi* relación. Y punto.

Ella puso un mohín en su boca pintada.

—¿Y te gusta que ellos sean...?

—Me gusta.

—¿Y no te sientes mal porque ellos se acuestan entre sí?

—Claro que no. —Cruzamos bajo el semáforo y nos encaminamos hacia los altos portales que lindan con el cine Payret—. Es una de las cosas que más me gusta.

—Extrañísimo —opinó Porthos—. ¿A ti no te gustan las mujeres?

—No —sonreí, pensando en mi querido Athos—. No me parece.

—¿Y un tipo viril, bien macho?

—¡Ay, Dayana, tus esquemas son tan grandes que no los brinca un chivo! ¿Qué tiene que ver ser macho o ser viril, con acostarse o no con otros hombres? ¿A ti Pablo o Arturo te parecen afeminados?

—¡No! Pero, en fin. Que te entienda Freud, porque lo que soy yo...

Subimos a nuestro edificio. La escalera relucía, acabada de refregar por algún alma caritativa, y la humedad reciente y el polvo de nuestros zapatos formaron huellas levemente fangosas. Nos dimos prisa, no fuera a ser que el alma caritativa se diera cuenta y nos atizara con la escoba.

—¿Y por qué no te gusta ser mujer? —insistió Dayana.

—No sé. Supongo que por ese lío de la menstruación, y la jodienda de que si te descuidas te preñan.

—Sí... Es una jodienda. Pero no sé qué te diga. Si a mí me llegan a consultar antes de nacer, escojo ser como soy.

Siete

Esa noche le comenté nuestra charla a Beatriz, acomodadas las dos en el murito del Capitolio, al que nos desterraban Olga y Dayana cuando nos daba por conversar después de las once de la noche.

—Yo también hubiera escogido ser como soy —dijo Beatriz al cabo de un momento, soltando chorros de humo por nariz y boca.

—¿Sí? —dije, pasmada—, pues yo pensaba que no.

—¿Por?

—Porque a ti sí que te gustan las mujeres.

Se rió un poco.

—Eres igual de esquemática que Dayana, ¿sabías? ¿Qué tiene que ver lo que le guste a uno? Cuando te enamoras, lo haces independientemente de cuál sea tu sexo.

—Debe ser un punto de vista de lo más interesante, pero no entiendo ni jota —le dije.

—Bueno —contestó Athos, pisoteando una colilla y volviendo hacia mí su cara de pelirroja—, digamos que no me interesa ser un hombre por el hecho de que me guste una mujer. El sexo que tiene una persona es una cosa y su sexualidad otra. Eso creo.

—¿Y niños? —inquirí con cautela—, ¿quisieras niños? Ya sabes: náuseas y barriga que crece y tetas que se hinchan y paritorio...

—¿Por qué no? —dijo ella muy bajo.

—Bah, estás inventándolo.

—Yo no te digo mentiras, Margo.

—¿Y cómo te las piensas arreglar?, porque para parir es imprescindible que haya un tipo. A no ser que uses la inseminación artificial, igual que las vacas.

Beatriz me lanzó un puñetazo suave.

—¡Eres tan estúpida, Margo! Eres tan joven y tan... hiriente a veces.

—Me llevas sólo unos años —le recordé.

—Sí, claro, pero soy más madura.

—No me explico por qué.

—Es que he sufrido más que tú —lo decía en tono de burla, pero en el fondo hablaba seriamente.

Los transeúntes disminuían, y unas nubes bajas iban corriendo allá arriba con la brisa, presagiando lluvia.

—Si Olga se casa —dije—, ¿qué nos vamos a hacer? Nos quedamos incompletas.

—Dayana también se irá alguna vez, supongo. Y tú, ¿no piensas vivir en La Víbora?

—¿Y tú, Beatriz?

—Ya veré qué resuelvo.

—Beatriz, no me deprimas, por favor.

Me despeinó con mano distraída.

—Tú te deprimes de nada, Margo. Yo, a lo mejor me decida...

—¿A qué?

—A decirle a alguien que la quiero.

—¿La conozco?

—Ya, no te pongas a averiguar, que no lo soporto.

Y como Cupido parece que había decidido acabar con la existencia de nuestro cuartel de mosqueteros, al día siguiente apareció en el cuarto a buscarme un mecánico de los más jóvenes entre los que luchaban con mi camioneta; vio a Dayana, y quedó igual que un pollo hipnotizado con la raya de tiza.

—Qué bien que está —dijo Dayana cuando el tipo se eclipsó.

—¿Y lo miraste? —se admiró Beatriz—, porque ese sí que no se parece a tus amigos funcionarios.

—No jodas.

—Claro que no —dije yo, encendiendo la chispa—, tus funcionarios jamás tendrían unos músculos tan bien desarrollados. La grasa de auto tiene su encanto. ¿Y viste lo que se le marcaba por debajo del mono, más o menos por la zona del muslo?

—¡Vaya que te fijaste! —se ofendió Dayana, como si el mecánico ya le perteneciera—. Tú estás comprometida con dos, ¿o se te olvidó? A los que deberías estarles mirando *ahí* es a Pablo y al otro.

—Dejen tranquila a Dayana —nos reprimió Olga María, que se embellecía frente al espejo para salir con el novio—, no me explico cómo pueden pasarse el santo día peleándose por cualquier tontera.

—Nos gusta —afirmé—, y ya tendrás tiempo de extrañarlo.

El mecánico volvió por la tarde, recién bañado y perfumado, con el pretexto de enseñarme una pieza que vendía no sé quién y que tal vez le serviría a mi camioneta.

—Atiéndelo tú, Dayana, anda —bostecé—, que tú sabes más que yo de piezas para carro.

Ocho

La atmósfera de la casa de La Víbora se caldeaba nuevamente. Y era por mi culpa, estaba claro.

El futuro compositor y yo, a pesar de todo, comenzábamos a establecer buenas relaciones: lo cargaba y él me babeaba en tanto iba soltando sonidos poco musicales, todo un gran intento de comunicación. Pero Paulibus y Arturo se movían por ahí igual que sombras, con caras de decepción y de reproche.

Sumaban tres los escándalos que me daban porque yo no quería mudarme con ellos.

—Quizá lo que quieres es regresar donde tus padres, y no lo aceptas —me dijo Olga María—. Puede que te parezca loco, pero es una posibilidad.

—Tampoco has conocido a otros hombres, Margo —dijo Dayana.

—Eso no es verdad —protesté.

—Lo que quiero decir es que jamás te acostaste con otros, no tienes posibilidades de comparar. ¿Y si Pablo y Arturo no son lo que tú necesitas?

Beatriz me miró en silencio, con aspecto de preocupación.

D'Artagnan cayó entonces en una especie de sopor existencial que duró alrededor de quince días.

Por las noches me revolcaba en la litera sin lograr conciliar el sueño, y acababa levantándome

para irme en la camioneta hasta la terminal inter-
provincial de ómnibus, para tener pretexto de inter-
narme por las carreteras, cargada de pasajeros, con
la vista fija en el camino y sin darme el lujo de pensar.

De regreso de una de aquellas escapadas fue
que conocí a Horacio.

Nueve

Pensándolo bien, creo que nunca llegué a conocer del todo a Horacio: lo intuí a través de una especie de neblina que insistía en escamotearme dónde estaba el bien y dónde el mal.

La historia empezó un día en que la camioneta se antojó de poncharse por allá por el Cacahual, y yo estaba arrodillada, luchando con el gato mecánico y maldiciendo, cuando frenó junto a mí un carro deportivo azul, volví la cara y me topé con un veintiañero alto, atractivo, discretamente vestido con una pulcra combinación oscura, parecida a las que exhiben los maniquíes masculinos en las revistas de moda.

—¿Fue un ponche? —me preguntó, como si no lo estuviera constatando.

Asentí.

—Qué barbaridad. ¿Por qué no me dejas ayudarte con la llanta? Ya está cayendo la noche, y no sería bueno que te agarrara aquí la oscuridad.

A esa hora, con la clase de desánimo que yo tenía, le permitía que me ayudara hasta a la momia que sale en las películas de terror.

Fui a derrumbarme en uno de los asientos del carrito azul, sintiéndome peor que un trapo, y él cambió la llanta y vino a decírmelo.

—Ya está. ¿Vas para La Habana? También yo. ¿Cómo te llamas?

Pronuncié mi nombre con un agobio sin límites.

—Tienes una cara de lo más interesante, Margo, ¿ya te lo han dicho? —y antes de que lo mandara al carajo, agregó—: ¿Eres buen chofer?

Durante nuestro regreso, se mantuvo detrás de mi camioneta, tragándose el polvo que levantaba.

Nos despedimos mientras esperábamos que pusieran la verde en un semáforo de la avenida Marina.

—¿Cómo puedo volver a verte? —gritó desde su ventanilla.

—¡No sé! —bramé.

—¡Mañana a las seis, frente al Hotel Nacional!

Y arrancamos de nuevo, entre pitidos y fragor de motores.

Ignoro por qué, pero asistí a la cita.

Cuando llegué, ya él se paseaba por la acera de El Monsigneur, puntual y mejor vestido aún.

—Pensé que no ibas a venir —me dijo al verme, con aspecto de pascuas.

Nos tomamos un helado en Coppelia, que estaba desierto porque acababa de terminar una llovizna.

Lo estudié mientras me preguntaba qué efecto me producía, en verdad, aquel convencional hijo de familia. Apenas consiguió sacarme un par de palabras. Le tocó mantener un monólogo debajo de mis ojos, que lo clavaban fríamente desde el otro lado de la mesa.

Era arquitecto y se había graduado hacía apenas unos meses. Me enteró de cuanto pensaba acerca de la vida, el deporte, el amor y la política. Era ameno y coincidí con él en muchas de sus opiniones.

Nos citamos para el día siguiente, y para el otro y el otro.

Al cabo de nueve noches, me llevó a su casa en ausencia de su familia para que nos acostáramos.

Diez

Recuerdo que entramos en el apartamento de la familia de Horacio, y que lo recorrí y pensé en lo que se parecía todo aquel ambiente al de la casa de mis padres. Contemplé las fotos de sus familiares, en marcos dorados sobre un piano de madera reluciente, junto a floreros y figuras de *biscuit*.

Horacio me besó. Lo dejé hacer.

—Eres tan extraña —me dijo—, tan callada. ¿Estás segura de que quieres que nos acostemos?

Me quitó la ropa con delicadeza infinita y me trató como si yo me le pudiera romper. Se esforzó muchísimo, la verdad. Y yo hice lo que pude, que fue poco y malo, porque mi cabeza andaba por la luna. Pero él estaba feliz.

—Creo que me estoy enamorando —dijo.

Regresé a Centro Habana y Beatriz estaba sola, echando humo delante de Frazer, porque acababa de poner de moda a Frazer y a Valle Inclán.

—¿A ti qué es lo que te pasa, gato? —preguntó sin mirarme. No le contesté, así que soltó el libro y siguió con agresividad—: ¿Qué coño te está pasando?, ¡dime! —Su berrido no me produjo el menor efecto; yo estaba mirando, hipnotizada, las losetas del piso—. Te estás tratando de destruir, Margo, ¿lo sabes?

—Vete a la mierda —respondí.

—Esos dos de La Víbora se la han pasado viniendo. ¡Dios, están en un estado! Te van a matar, eso es todo. Si quieres dejarlos, avísales de una vez. Bastante tengo yo con lo mío para tener que dedicarme a aguantarles filípicas y lamentaciones.

Me desnudé y entré a mi litera. Me tapé con la sábana hasta la nariz.

Cerca de las once, tocaron a la puerta.

—No estoy —dije.

—¡Me importa un pito! —contestó Athos, pero quien quiera que fuera seguía tocando como para echarnos abajo la puerta, así que al final se lanzó de la litera, estrelló el tomo segundo de *La rama dorada* contra la pared y se fue a ver, abriendo apenas una hendija.

Afuera sonó la voz de Paulibus.

—Ella no está, Pablo —dijo Athos.

—¿Sigue de viaje?

—No sé, la verdad.

Silencio, un suspiro de Pablo y la despedida.

Beatriz tuvo el buen gusto de no hablar del caso.

Once

Cuando nos acostamos por segunda vez, Horacio parecía más feliz todavía, se las dio de chistoso y hasta consiguió hacerme reír. Por poco la noche es un éxito.

—Quiero que mis padres te conozcan, Margo. Les he estado hablando de ti.

—Los padres me dan urticaria, Horacio.

Me tomó por la barbilla, muerto de la risa:

—Eres tremenda, ¿eh? Yo te voy a amansar, tú vas a ver.

Apoyé la espalda desnuda contra la cabecera de la cama y evité que se me acercara poniéndole la planta del pie en el pecho.

—Difícil —comenté escuetamente.

—Por eso es que me gustas tanto —dijo él—, porque eres difícil. Te voy a amansar con cariño, jíbarita.

Y me acarició el pie.

En la tercera acostada insistió en lo de que yo conociera a sus padres. Haría catorce días que nos estábamos viendo noche por noche.

—¿Has pensado en casarte, Margo?

—Soy demasiado joven —se me ocurrió fantasear, a falta de algo mejor.

—Pero eso es bueno. Siempre quise casarme con alguien bien joven, para formarla a mi manera. ¿Te disgusta? —Dejé caer la cabeza sobre el pecho, y él, vaya a saber por qué, lo interpretó como una solicitud de ternura—. Vamos a estar juntos siempre, mi vida. Siempre te voy a cuidar. Vas a ser mi muñequita, Margo.

Dentro de mí una voz se chanceó: «Caramba, Margo, estás salvada: he aquí al hombre de tu destino».

—Te compré un regalo —anunció él entonces—. Te va a gustar, estoy seguro.

Abrí la caja. Se trataba de un vestido que debió costarle bastante, porque no era de producción nacional. A mi madre le habría encantado.

—No quiero que sigas vistiéndote así —dijo Horacio—, siempre con esos pantalones y esa gorra. ¿Por qué no te pruebas mi regalo? Va a quedarte lindo. Vístete en el cuarto de mi hermana, allí hay un espejo grande. Y en el tocador mi hermana tiene polvos y cosas de ésas con las que se pintan la cara las mujeres. ¡Ve! Quiero ver cómo te queda. Vas a estar... ¡hum!

Largué la risa. Él, que no era capaz de medir el alcance de mi hilaridad, se rió también. Tomé el vestido entre la punta de los dedos, igual que si se tratara de un pañal sucio de Mozart:

—¿Por qué no te lo pones tú, Horacio?

—No entiendo el chiste —se desconcertó.

—¿No te gustaría?, se te vería... ¡hum! Y si te pintaras la boca, por debajo del bigote...

Frunció el entrecejo:

—¿Qué te pasa?

Me empecé a poner el *jean*. Me sujetó del brazo:

—¿Te ofendí en algo? ¡No te entiendo!

Yo me sacudí su mano y calcé mis zapatos deportivos y agarré la gorra.

—¡Contéstame, por favor!

Salí de allí como si conmigo no fuera, dejando atrás sus alaridos:

—¡Margo, espérate, Margo!

Doce

Con la sensación creciente de estarme moviendo en sueños, manejé la camioneta hasta casa de mis padres. A aquella hora normalmente veían televisión y tal vez hasta los interrumpí en lo mejor del programa, pero se portaron de lo más amables:

—¿Pasó algo, Margarita?

Me despojé de la gorra y la retorcí entre los dedos.

—¿Puedo dormir aquí? Sólo por esta noche.

—Claro —dijo mi madre—, ¿quieres comer?

Negué en silencio.

—¿Te sientes bien, Margarita? —Era mi papá.

—Sí.

—Voy a ponerle sábanas limpias a tu cama —dijo mamá y salió.

Mi padre me miraba con aspecto intrigado.

—¿Tuviste algún problema, alguna discusión con... esa muchacha? —se arriesgó a averiguar.

—No, todo está bien. No te preocupes.

Mi madre terminó de vestir mi cama. Cuando me metí entre las sábanas limpias y almidonadas, se detuvo un momento en el umbral de la puerta del dormitorio.

—Hija, si alguna vez quieres regresar... —dije que no, ella hizo un alto y agregó—: Si alguna noche, como hoy, necesitas dormir aquí, no tengas pena.

Esta sigue siendo tu casa. A tu padre y a mí nos gusta que estés con nosotros.

Asentí. Ella se fue. Pensé que los padres eran los tipos más impredecibles del mundo.

Acomodé la mejilla en mi almohada, entornando los párpados para no perder de vista los contornos familiares de los muebles en la penumbra.

Casarse con Horacio, qué maravilla.

Los maravillosos suegros, el maravilloso marido, el maravilloso apartamento, la boda maravillosa, ¿de blanco y todo?; los niños maravillosos al cabo de un tiempo, la maravillosa madurez, la maravillosa vejez, el maravilloso hastío, la maravillosa muerte.

Qué panorama, ¿no?

Dormir al lado de aquel individuo. Tener que templar con aquel individuo, que te toca con miedo. Te quiere domar. Te quiere domesticar. Vestirte como a su muñequita. Protegerte.

Vi bien claro el dormitorio de La Víbora:

Paulibus sentado al borde de la cama, desnudo, tocado por la luz que le da color de miel, mirándome, con la pelambre revuelta cubriendo sus hombros.

Arturo dormido bocabajo, con una pierna doblada y la mano cerca del rostro que casi encubre su pelo lacio. La grupa tostada de Arturo, y la dulzura de sus ojos cuando lo despiertas y te dedica una ojeada de extrañeza, sumergido aún en el agua del sueño.

Y Mozart asiéndose a los dedos que dejas a su alcance con dos torpes y diminutas herramientas pringosas, que huelen a colonia de bebé y leche rancia.

¿Me aman aquellos dos de La Víbora?, ¿a pesar de su dúo anterior a mi aparición; a pesar de su rivalidad y sus celos, y de los míos?

Trece

Al alba dejé a mis padres durmiendo y torné a Centro Habana.

Paulibus me esperaba sentado en el último peldaño de la escalera, delante de mi puerta.

—Ya sé que estás con otro —me espetó.

La sorpresa me había dejado idiotizada.

—Pero ¿qué haces tú aquí?

—Te espero desde anoche. —Y se alzó, acercándome el rostro demacrado—. Te seguí, Margo: sé todo. Sé hasta dónde vive ese desgraciado...

Estuvo a punto de agarrarme un ataque de felicidad, pero Paulibus no me dio tiempo: me lanzó contra la pared de un puñetazo. Trastabillé, aferrándome a la barandilla con desesperación, porque si rodaba por la escalera, me reventaba, eso era seguro.

Los mosqueteros, que a aquella hora se preparaban para ir a sus respectivos trabajos, oyeron las voces y salieron a enterarse. Es más: vieron el puñetazo. De modo que enseguida se armó un circo: Dayana me acarreó al interior del cuarto, y Olga y Beatriz arrastraron tras de nosotras a Pablo, dispuestas a descuartizarlo:

—¡Tócala otra vez y te hacemos pulpa, hijo de puta! —le gritó Beatriz con un vigor que atronó en el edificio sobre el límpido silencio del amanecer.

—Eso es asunto mío —le dije a Athos, y me aproximé al confundido Paulibus—: Jamás he soñado con pegarte, Pablo, porque te amo, pero si no me queda más remedio...

Y a continuación le aticé los nudillos en el rostro, con toda mi fuerza. Olga y Beatriz, tomadas por sorpresa, lo soltaron, y el pobre se les fue hacia atrás y se golpeó contra la pata de una litera.

—¡Lo mataste! —musitó Dayana, consternada.

El toletazo en la espalda lo había dejado sin aire.

—¡Jesús María y José! —se persignó Olga María, sacando a relucir su pasado sepulto de católica practicante.

Comenzaron a darle palmadas y lo obligaron a oler alcohol.

¿Qué sentí en ese instante en que mi pobre flor se ahogaba con aspecto de encontrarse a dos pasos de la tumba? Lo amaba dolorosa, terriblemente; pensé que si se moría, yo me moría también. Pero si no me defendía de sus puños y le permitía los excesos que Arturo padeció aquel día en el dormitorio de La Víbora, ¿adónde íbamos a parar?

Por fin resolló, y los mosqueteros respiraron aliviados.

Era la flor más obstinada que pueda uno imaginarse:

—Si alguna vez te encuentro con otro —me dijo, con el primer soplo de voz que pudo recobrar—, te juro que te asesino.

Me dio risa y le acaricié el ojo izquierdo, que se le estaba inflamando por el gaznatón.

—¿Tendré que aprender lucha libre para poder vivir contigo?

Él gimió y me abrazó. Nos besamos.

Los mosqueteros nos lanzaron miraditas significativas y continuaron sus quehaceres mañaneros como si tal cosa, pero con el talante de los que acaban de separar a dos perros para que no se maten a mordiscos y los dejan sueltos por ahí a ver qué pasa.

Cuando Pablo y yo nos quedamos solos nos metimos juntos en mi litera, nos juramos amor eterno y nos apretamos hasta sofocarnos, nos calentamos, y terminamos enganchados en un acceso de amor que duró casi hasta las doce del día.

Catorce

No volví a ver a Horacio. Había tenido el buen tino de no decirle dónde vivía y ni me acerqué más por los alrededores de su apartamento.

La vida marchaba bastante regularmente. Los últimos viajes me proveyeron de una pequeña reserva y podía tomarme unas vacaciones sin que eso significara el desastre económico.

Olga andaba enloquecida con los preparativos de su boda, así que di numerosas vueltas en mi camioneta con ella y su energúmeno, haciendo gestiones y transportando cajas de cerveza para la celebración.

El energúmeno ya conversaba con las demás y hasta nos hacía chistes. Según palabras textuales de Beatriz, «*estaba exaltado por la inminencia del himeneo*».

Dayana entró en una fase de interés galopante por el mecánico. Lo cual me venía de lo más bien, porque el ingreso de un mecánico automotriz en la familia podía proveerme de atención gratis para mi sufrida camioneta.

Beatriz se apareció una noche, con una cara de indiferencia que no nos engañó, trayendo a una amiga que quería presentarnos. Tres pares de ojos se ensañaron con la muchacha, que sin ser bonita tenía un aire desenvuelto que hacía mucho por ella. Era contemporánea de nuestro Athos y estudiaba Matemáticas en la universidad.

—Qué horror —se me escapó.

La amiga de Beatriz sonrió comprensiva:

—Pues las Matemáticas son lo que más se parece a la poesía —me dijo.

—¿De verdad? —le pregunté, incrédula.

Se fueron temprano; Beatriz insistió en acompañarla a su casa y ambas declinaron mi invitación de llevarlas en la camioneta.

Cuando la puerta se cerró detrás de las dos, Olga y Dayana disimularon: la una se vistió para dormir con tanta aplicación como si enfundarse en un pijama tuviera un significado trascendental, y la otra se dedicó a cepillarse los dientes con una meticulosidad inusual.

Me paré en el centro de la habitación:

—Bueno —las reté—, ¡hablen!

Porthos y Aramis miraron hacia mí con fingida extrañeza.

—¿De qué? —preguntó Dayana.

—¿De qué va a ser, coño?

—Estás muy alterada, Margo —me dijo Olga María.

—¡Par de hipócritas! Son iguales a mis padres, saben que Beatriz acaba de traernos a su pareja para que la conozcamos y prefieren no hablar del tema.

—No hay nada de qué hablar —contestó Olga dando cuerda al reloj despertador—. Para empezar, Beatriz es adulta y está capacitada para arreglarse con su vida —iba a continuar, pero se arrepintió y me dio el frente—: Margo, hablando con el corazón en la mano: ¿pensabas que ni Dayana ni yo lo sabíamos?

—¡Ah!, así que lo sabían. Y jamás me lo comentaron.

—¿Por qué teníamos que hacerlo? —Dayana hizo un gesto con los hombros y dio un saltico amanerado para encaramarse a su litera—, si eso no afectaba a nadie ni le incumbía a nadie.

—Así que me guardaban secretos —dije, herida, a punto de emprenderla a toletazos con las dos—, así que yo fui siempre la intrusa, la que llegó después.

—Tienes un complejo de inferioridad que no te deja respirar, Margo —dijo Dayana.

—Claro, bobita, te trajimos de Cenicienta —bromeó Olga María—, para que nos tuvieras ordenado el cuarto y nos lavaras las medias.

Pero yo no estaba para bromas. Fui en silencio a meterme entre mis sábanas. Ellas chasquearon las lenguas, fastidiadas porque se les pasaba la hora de dormir; abandonaron sus almohadas y vinieron a darme coba, sentadas en el listón de madera que limitaba mi litera.

—Qué se puede hacer contigo, hija. ¡Estás tan sensible!

—Ay, Margo, qué idiotez.

Mantuve intacto mi mutismo y ellas se quedaron allí, bostezando, sin atreverse a regresar a sus camas.

Beatriz encontró así el panorama cuando llegó, alrededor de veinte minutos más tarde.

—¿Qué fue? —preguntó.

Dayana y Olga la miraron sin responder. Athos se acercó y me tocó en la espalda.

—Margo —dijo.

Incorporé medio cuerpo sobre los codos:

—Pasa que son tres hipócritas.

—¿Por qué?, ¿qué te hicimos? —preguntó Athos con desconcierto.

—Nadie me dijo nunca nada acerca de tu forma de ser, Beatriz. —Ella esbozó un gesto de «*qué estás diciendo*», así que le aclaré—: sobre tu sexualidad.

Olga y Dayana se pusieron púrpura, y Beatriz lividecíó.

—A mí nadie me dijo nada tampoco, *nunca* —recalcó Beatriz.

—Si hubieras nacido muda, le habrías hecho un gran favor al mundo, Margo —suspiró Olga María, y siguió, sin mirar a Athos—: Lo suponíamos desde la beca, Beatriz.

—Bueno, pues son muy reservadas las dos —sonrió Beatriz con media boca.

Dayana seguía púrpura.

—Pero no nos preocupaba. No nos importaba —dijo, empleando una tira de voz.

—La muchacha parece buena —continuó Olga María, conmoviéndose—, espero que te quiera. Por lo menos alguien va a cuidarte cuando nosotras no estemos...

Athos tuvo el buen tino de imponer su sobriedad:

—Aclarados nuestros asuntos, ¿por qué no nos dormimos? Olga tiene que ir mañana a la dulcería a averiguar lo de su pastel de boda y Dayana entra a trabajar a las ocho. A ti, Margo, deberíamos darte un trofeo: una enorme lengua de bronce.

Quince

La vida iba bastante regularmente, pero Arturo no me perdonaba lo de Horacio, y la atmósfera en La Víbora continuaba turbia, porque se mantenía inmerso en una silenciosa hostilidad que imposibilitaba toda armonía.

Aproveché que Paulibus había llevado a Mozart a pesarse a la consulta de puericultura y acorralé a Arturo en un rincón de la cocina.

—No sé a qué viniste de nuevo, Margo —me dijo—. No podré confiar en ti ya nunca.

Trató de írseme por un costado.

En aquella casa, por lo visto, no se podía coexistir sin la violencia, era igualito que haberse mudado para el Lejano Oeste de las películas con dos pistolas cargadas en el cinto.

Lo agarré por los hombros y le di una zarandeada:

—¡Siempre has estado lleno de celos y de dudas y de inseguridades!

—Te vas con otro —dijo él, quitándose mis manos de encima—, y a mí nadie me da explicaciones. A Pablo sí. Bien: yo no soy Pablo.

—Me importas, Arturo, te amo, ¿cómo quieres que te lo haga entender?

—Y supongo que estoy obligado a creerlo, ¿no? ¿Qué harías tú por mí para que te lo creyera, a ver?

¡Me desespera que sigas durmiendo en ese cuarto de Centro Habana!, ¿tú entiendes eso? Y me desespera que andes por esos mundos, donde te tropiezas con otros tipos.

Sonreí.

—No son muchos los tipos que me ponen la vista encima, Arturo.

—¿Ah, no? —Apoyó la espalda en las losetas de la cocina y me dedicó una mirada tierna que por poco acaba conmigo—. Seguro que nadie se fija en tus ojos, ni en tu pelo...

Quizá temió ablandarse y ceder, porque no dijo más y se fue al sofá de la sala, a simular que hojeaba una revista.

Me miré en el espejo del baño. Mi corazón golpeaba contra el pecho con el consabido dolor. Ya me tenía harta mi corazón.

Tomé una tijera y la máquina de afeitar de Pablo, y cuando salí del baño tenía el cráneo liso como la palma de mi mano: era el vivo retrato de un marciano.

Deposité en la mesita, delante de Arturo, que estaba inclinado sobre sus rodillas, los mechones rubios.

—Ahí tienes —le dije—, mira lo que soy capaz de hacer por ti, para que te calmes. Te garantizo que ahora no van a mirarme ni las moscas.

Se enderezó y quedó pasmado, con la boca de par en par. Pasó unos tres minutos tratando de emitir algún sonido.

—Tttu... —balbuceó por fin— tu pelo. Tu cabeza. —Y le temblaron los labios—. ¡Tu pelo!

—Claro que a lo mejor se me fue la mano y ni siquiera ustedes dos me miran.

—Margo —dijo Arturo—, ¿de dónde te sacamos, por Dios?, ¿de qué manicomio? No se puede vivir contigo ni se puede vivir sin ti.

Estaba anonadado.

—¿Te atreves a besarme? —le pregunté.

Cuando me enlazó con sus brazos parecía a punto de llorar. Pero besó apasionadamente al marciano y nos estuvimos amando encima del sofá, hasta que Paulibus llegó, entró, cerró la puerta de la casa tras de sí, se volvió hacia nosotros y por poco deja caer a Mozart.

—¡Madre mía! ¿Qué te pasó, Margo?, ¿qué te hicieron en la cabeza?

En definitiva, las lunas de miel son lo mismo con pelo que sin pelo. Y a mí el pelo me crece rápido.

Por descontado que en la boda de Olga María todos los que no me habían visto nunca me confundieron con un chiquito.

Dieciséis

Decidí mudarme para La Víbora al final de un largo día que comenzó en la playa de Guanabo, tendidos los cuatro miembros de la familia Mozart encima de las toallas que conformaban el piso de la casa de campaña que improvisamos, con dos sábanas y cuatro estacas, para que a Amadeus no lo maltratara el sol.

Es hermoso estar boca arriba en una playa. La arena es blanda bajo el cuerpo, el sonido del mar te seda, y el aire se siente luminoso, impregnado de olores mansos.

Nos habíamos acostado formando una estrella de cuatro puntas, con las cabezas unidas para que todos pudieran tener acceso a todos, y allí estábamos, escuchando el sonido del agua y el *ga ga ga* de Mozart; buscándonos con los dedos sin mirarnos, fija la mirada en el tembloroso techo que oscilaba con el viento playero.

Yo recordaba en tanto escenas de la boda de Olga, y también escenas previas a la boda.

Recordaba que nuestro sensato Aramis estaba tan nervioso que se le extravió tres veces la ropa interior, y en dos ocasiones tuvo que lavarse la cara porque no le gustaba el maquillaje que le hacía Dayana.

Eran todo un espectáculo: Olga María sentada frente a la mesa *art decó*, ataviada con unas finas medias blancas que culminaban en ligas bordadas y con lacitos ciñéndole los muslos, con zapatos de tacón impolutos, y una vieja y manchada toalla para cubrirse el resto. Dayana daba vueltas a su alrededor con tres borlas y un pincel, completamente aturdida, en ropa de dormir y con el pelo trabado en multitud de papelillos para rizarlo.

—La boca no puede ir tan roja —criticaba Olga—, ¿no ves que todo lo demás es blanco?

—¡Por lo mismo! —chillaba Dayana, al borde de la histeria—, ¡si no, te vas a ver muy pálida!

—Sombra azul no.

—¿Verde entonces?, ¡decídete!

—¿Por qué no lila? Pero bien claro, ¿eh?

Beatriz les dedicaba miradas entre lánguidas y burlonas, mientras acomodaba objetos y piezas de vestir en la maleta abierta de la novia.

Sobre mi propia litera se hallaban extendidos el velo y el traje de tules. Y encima de la camilla, en un jarro de agua con hielo, esperaba el ramo de azahar.

—Olga, ¿incluyo las zapatillas deportivas?

—No, Beatriz, no seas disparatada.

—¿Y el reloj despertador?

—¡No! Limítate a poner en la maleta lo que yo preparé ya.

Athos suspiraba y se encogía de hombros:

—Pero es que aquí faltan cosas, mija.

—¿Ah, sí? ¿Cómo qué, por ejemplo?

—Crema.

—¿Crema? —se extrañaba Olga.

—¡Si sigues moviendo así la cara no te puedo maquillar! —vociferaba Dayana.

—Es que esta me sigue hablando.

—¡Beatriz, deja tranquila a Olga, hazme el favor, o no acabaremos nunca!

—Déjense de mariconerías con el dichoso maquillaje, que tienen tiempo de sobra: la boda es a las siete y no son ni las dos de la tarde —gruñía Beatriz apoderándose de sus cigarrillos y encendiendo uno para aplacar la tensión.

—Bueno, ¿de qué crema hablas tú, Beatriz? Llevo humectante y protector solar y bronceador para...

—Crema para tu chocha, mija: de eso hablo —se exasperó Athos definitivamente—. Si te la van a partir esta noche, tendrás que untarle crema, ¿tengo que decírtelo más claramente?

A mí me dio un ataque de risa. Dayana se aguantaba, mordiéndose los labios, y Olga María, indignada, amonestó a Beatriz:

—¡Tan indecente que eres, coño!

—Es que no me entendías. En fin, ¿pongo la crema *para eso* o no la pongo?

—Ponla si te da la gana.

—El asunto es tuyo, mi corazón, y la chocha también es tuya.

—¡Beatriz!

—Ven acá —se le ocurrió entonces a Dayana—, ¿y tú no llevas nada para cuidarte? ¿No has empezado a tomar pastillas ni nada?

—¿Qué pastillas? —Olga andaba en las nubes.

—Anticonceptivas, para que no te preñen, vida mía.

—Ah, no. ¿Sabes que no había pensado en eso?

—¿Y en qué estabas pensando, Olga, por Dios?

—Que tiemple por detrás —aconsejé.

A Olga la acometió un nuevo acceso de furor:

—¡Mira que son lenguas sucias!

A pesar de los pesares, a las seis en punto ya nuestro Aramis lucía irreprochable, con las flores y el tocado albo.

Dayana, que iba a encontrarse con el mecánico automotriz en el Palacio de los Matrimonios, se enfundó en uno de sus vestidos de sirena.

Beatriz estrenó una muy sobria combinación de pantalón y chaqueta y permitió sin protestar —oh su bondadoso corazón— que Dayana le coloreara ligeramente los labios.

A mí alguna de ellas me prestó un *blazer* para que me lo enganchara sobre un pantalón de Arturo, y el mismo Arturo había abrillantado los mejores zapatos de Pablo para que yo los usara en tan fausta ocasión. Pero mi cabeza los traía a todos enloquecidos: ¿qué me plantaban encima de aquel coco erizado de pelos que no llegaban al centímetro? La gorra, imposible. Alguien aconsejó un sombrero, pero entonces nadie tenía un sombrero apropiado.

Dayana sugirió, entre mugidos de risa, que me pintaran un bigotico.

Al cabo, cuando me miré en el espejo, no estaba mal, aunque mi aspecto habría horrorizado a mis padres, por ejemplo. No en balde, durante la espera previa a la ceremonia, los parientes del novio me decían: «*Chamaco, ven acá y danos una mano con las cajas de cerveza*", o "*Mi socio, ¿aquella camio-*

neta es tuya?; mi hermano, ¿tú crees que la podrías parquear un poco más allá?».

Nos rifamos quiénes serían los testigos y resultaron ganadores Dayana y uno de los hermanos del novio. Los demás nos apelotonamos junto a la mesa en la que los que se casan fingen enterarse de toda esa bazofia que se suele leer antes de dar las firmas.

Paulibus, con saco y corbata, y Mozart engalanado entre sus brazos, era sencillamente sublime. En las cuatro horas que duraron los festejos, aquel saco y aquella corbata fueron meados en abundancia. Parece que el futuro compositor de música clásica estaba sobreexcitado por el gentío y las luces de los *flashes*, porque meó además a Arturo, a mí, a una señora que lo sostuvo menos de dos minutos, y hasta a Dayana, que lo cargó para hacerle gracias y protestó después: «*¡Bueno, pero este niño es una regadera, o qué!*».

En cuanto a Arturo, llevaba ropa de Paulibus. Y yo confieso que a mí me encanta ese tipo de promiscuidad: yo uso tu camisa, tú usas mis zapatos y él usa los pantalones de los dos.

Cuando uno se mezcla con la manada de personas alborotadas —los adultos se ponen infantiles durante las bodas, ve a saber por qué—, nadie se fija mucho en nadie. Pero yo, que tenía tiempo y ánimo para fijarme, disfruté a la recua de hermanos del novio, que eran unos guajiros gigantescos y venían acarreando a la madre de la tribu: una señora entrada en carnes que no paraba de hablar, confraternizando con Beatriz y su amada como si tal cosa. Y a los padres de Olga, que por poco llegan tarde porque el taxi se les rompió a la salida del pueblo, y que le preguntaban con inocencia a Arturo si Mozart era hijo de él. Arturo contestó que sí sin pensar en que Paulibus, un cuarto de hora más tarde, comentaría que él era el mismísimo padre del niño. Supongo que la imaginación de aquellas buenas gentes sólo alcanzó para pensar que uno de los dos era un mentiroso.

Cuando Olga entró al dormitorio de su recién adquirida suegra para cambiarse de ropa, sacó del cuarto a todo el mundo salvo a sus dos mosqueteros y su alocado aprendiz, y nos recorrió con ojos húmedos:

—Las adoro —dijo—, y no sé si podré vivir sin ustedes, partida de anormales, así que no dejen de ir a verme, que yo haré lo mismo.

Nos abrazó tan estrechamente como si se marchara de luna de miel al fin del mundo. Y es que no se trataba de una simple boda, sino del final de una era, y las cuatro lo sabíamos.

Por fin los novios se fueron y en la casa de la madre del energúmeno se generalizaron el baile y la gritería.

Paulibus andaba con el niño por la cocina, agradeciendo las facilidades que le dieron los anfitriones para cumplir con el ritual alimenticio de Mozart, y Arturo me buscaba desesperadamente, sin dar conmigo porque yo me había refugiado en un rincón, detrás de una butaca de respaldo alto, a digerir mi tristeza por la disolución de aquel cuarteto que había tenido cuartel general en los altos de los Paraguas del Capitolio.

—¿Tú quién eres? —me dijeron de pronto. Miré, y vi a una anciana señora que ocupaba la butaca y me estaba fisgoneando por el costado—, ¿serás amigo de mi nieto, o pariente de la novia?

Comprendí que me hallaba junto a la famosa abuela que guardaba esqueletos en las gavetas de la cocina.

—De la novia —musité.

—Ah... Qué linda fiesta, ¿no? ¿Y tú no bailas? —Negué con mi rapada cabeza, y ella me aconsejó—: Pues deberías: mira cuántas muchachas bonitas hay en la sala.

En eso Arturo me localizó y se dirigió hacia mí tendiéndome la mano:

—¿Me concedes una pieza? Será la primera vez que bailemos tú y yo, mi amor.

Le sonreí. Ante los espantados ojos de la abuela, nos fuimos a desbaratarnos bailando con un disco de rock que alguien se sacó de la manga después de interminables bolerones, salsas y sones.

Diecisiete

Pero les decía que aquel día en la playa pensé seriamente en mudarme con los Mozart.

Abandonamos Guanabo al atardecer, esa hora en la que el agua turquesa del mar empieza a teñirse de rosa y oro, y se pone tibia igual que la barriga de un bebé.

Cargamos con la improvisada tienda de campaña y con los restos de lo que habíamos comido.

Arturo se subió al asiento trasero de la camioneta con el niño en brazos y Paulibus se acomodó junto a mí. Salimos rodando por la carretera que va hacia la ciudad, con las caras rojas y los pelos endurecidos de salitre y arena. Con paz en el corazón.

—¿Qué quieren para esta noche? —preguntó Paulibus—, creo que no tenemos nada cocinado.

—Pizza —sugirió Arturo—, pero la verdad es que no tengo ganas de salir hoy a la calle de nuevo.

—Podemos comprarla ahora, de pasada —les propuse.

Creo que es tan rica toda esa parafernalia que nos rodea y nos apoya, esos simples detalles de la existencia: qué van a comer, préstame acá el peine, alguien sabe dónde dejé el pulóver blanco, por favor tiendan la toalla a secar cuando la usen...

Paulibus trayéndonos café a la cama.

Arturo que se queja de que le dejamos la peor almohada.

Mozart dando conciertos a las tres de la madrugada porque empapó su cama y odia dormir en un charco.

La cautelosa visita de los padres de Arturo, que están creídos de que yo soy la novia de Arturo y que Pablo es un amigo buena gente que nos permite vivir en su casa.

Mis historias acerca de cómo un médico me obligó a raparme para saber si me había fracturado el cráneo en aquella hipotética caída desde una bicicleta.

Las ojeadas curiosas, pero inofensivas, que nos dedican los vecinos de La Víbora.

Toda esa idiotez cotidiana que, en definitiva, sabe ser la esencia de nuestras vidas...

—Quiero volver a estudiar —dije de pronto cuando salíamos del túnel para adentrarnos en La Habana.

—¿Vas a empezar la universidad?

—Creo que sí.

—¿Ciencias? —preguntó Paulibus.

—No, más bien Historia del Arte o algo por el estilo. Abrieron unos cursos dirigidos, para trabajadores y amas de casa, así puedo seguir haciendo los viajes interprovinciales.

—Margo —me dijo Arturo—, ¿has pensado en la posibilidad de que Pablo y yo te mantengamos mientras haces una carrera?

—A Arturo acaban de subirle el sueldo —lo apoyó Pablo— y yo empiezo en lo mío en cuanto le hallemos cupo al niño en un círculo infantil.

—No —dije—, es que me gusta manejar. Y con tres entradas de dinero todo se facilita. Mozart gasta lo suyo y hay que hacer arreglos en esa casa de La Víbora, que está pidiendo a gritos una reparación general, y yo tengo que cambiar alguna vez esta camioneta por algo menos desastroso.

—Me encantan tus planes —dijo Paulibus—, pero es que a estas alturas nadie se ha mudado definitivamente conmigo y con el niño.

—Yo voy a recoger este domingo lo que me queda en casa de mis viejos —lo tranquilizó Arturo, y agregó—: La que no se acaba de decidir es Margo.

—También podríamos incluir otro niño en los planes —dijo Pablo.

Guardé silencio.

—A mí me gustan las familias grandes —proclamó Arturo—: ¡muchos niños!

—¿Tú qué piensas, Margo? —dijo Paulibus, clavándome los ojos en el perfil, porque yo no apartaba los míos de la calle—. Tú eres la que toma la determinación final, porque ni Arturo ni yo podemos parir.

—Tengo que pensarlo —emití al cabo de unos segundos—; si voy a estudiar otra vez, tengo unos cuatro o cinco años para convencerme.

Arturo se había quedado meditabundo, con el dormido Mozart apretado contra su pecho.

—¿Han pensado en qué se les explica a las criaturas cuando empiecen a averiguar por qué tienen una madre y dos padres?, porque yo no voy a permitir que ninguno de los que tengamos me diga tío.

—Se les dirá lo que haya que decirles —contestó Paulibus con firmeza—, y si los demás niños de este mundo soportan que sus padres se divorcien, que se griten, que no los miren porque tienen mucho trabajo; si soportan tener un padre borracho, o que les peguen y los manden a hacer todo lo que ellos odian... Si los demás niños soportan lo que tú, Margo, o tú, Arturo, o yo mismo, hemos tenido que soportar en nuestra infancia, sin perder la razón ni morirse..., no veo por qué a los nuestros les va a ir peor con tres personas que se quieren entre ellos. Que usen de patrón de conducta al que más les convenga de nosotros tres.

Pudo agregar al final un «*He dicho*».

Llegamos y nos metimos en la bañera con Mozart y todo, a sacarnos la sal y la mugre de la playa. Luego hubo una toma de leche del futuro compositor, y acomodarlo en su cuna con el ventilador bien suave y las ventanas entornadas.

Las pizzas fueron a parar al horno y nosotros tres a la cama del antiguo cuarto en desuso, que había acabado por ser nuestra habitación conyugal, así como el dormitorio de Pablo era ya, oficialmente, el cuarto de Mozart. Allí nos dedicamos a descubrir que, a pesar del baño, nos quedaba arena en las orejas y que teníamos la piel salada.

Dieciocho

Nadie es capaz de imaginarse la infinita colección de posibilidades que tiene el amor entre tres.

Había acabado de atardecer, así que encendimos la lámpara de la mesa de noche y la cubrimos con un pulóver de Paulibus, y entonces Paulibus pidió lo que Arturo no le quería conceder jamás.

—No quiero —dijo Arturo—, me va a doler.

—No duele si estás caliente —dije yo, que a esas alturas tenía algo de experiencia en el asunto.

Juro que había magia en la habitación: la magia entraba por las persianas entreabiertas, a borbotones con la brisa. Magia en la semipenumbra que nos revelaba arrodillados sobre el colchón, besándonos, con las piernas tostadas por el sol y los hombros cundidos de pecas. Magia en mis manos que empujaban al uno sobre el otro; en la boca entregada de Arturo y la boca de Paulibus, que le pasaba la lengua por las comisuras.

Arturo se tendió entre nosotros, cálido y pulido al tacto, y su sexo endurecido se refugió en mi sexo. Sus brazos me apretaban contra él.

Paulibus puso la cabeza redondeada igual que una ciruela de su propio sexo entre las nalgas sedosas de nuestro amante, me miró a los ojos, asintió, y su cuerpo y el mío avanzaron, arrancándole a Arturo jadeos y quejidos. Sentí que lo estábamos desvirgando juntos. Que lo estábamos desposando para un tiempo que probablemente durara más que la eternidad.

Tres es un número mágico, creo que Beatriz alguna vez me lo dijo. En el lenguaje de los sueños de los antiguos árabes significa germinación, fecundidad y virtualidad.

Más de tres tal vez podría ser un desastre, aunque tampoco hay que ser tan esquemático. Y menos creo que sería insuficiente.

El tres es la cifra perfecta para matar la soledad.

Conclusión

Fui a avisarle a Beatriz que pasaría al día siguiente a recoger mis pocas pertenencias para llevármelas a la casa de La Víbora. La encontré fumando en su litera, con *La Sonata de Estío* en una mano.

—Olga llega mañana de su luna de miel —me dijo—, llamó desde Varadero porque está loca por vernos, y quiere que mañana mismo, por la tarde, las tres le hagamos la visita. Parece que le ha ido bien. Dice que en estos pocos días engordaron más que chanchos. Sonaba de lo más contenta. Llamó a la casa de los pedantes esos del segundo piso.

—¿Y por dónde anda Dayana?

—De paseo. Creo que se fueron al cine. No lo querrás creer, Margo: el mecánico se la lleva a vivir a... ¡a casa de su abuela!

Nos matamos de risa.

—¡Y ella que se llenaba la boca para decirle a Olga María que esas eran las peores!

—¿Te imaginas?

—Parece que, además, es muy oportuno, porque la vieja está a punto de dar el susto, y así ellos heredan el apartamento. Va a estar cerca de ti, el apartamento queda por Santos Suárez.

De golpe nos pusimos serias.

—¿Y tú? —le pregunté a Athos—, ¿qué piensas hacer?, ¿te vas a quedar aquí, sola?

—Que no se te olvide que ya tengo quien me acompañe, corazón: *Ella* va a mudarse para acá la semana que viene.

—¡Bueno! —comenté haciendo equilibrio en la silla más coja de la serie—, por lo visto todo se resume en la vida a un lleva maletas para allá y trae maletas para acá.

Mi mosquetero favorito se sentó conmigo en la silla, a riesgo de ir a dar las dos al piso, y me pasó el brazo por encima del hombro.

—Te crece el pelo —me dijo.

—¡Vete al carajo, Beatriz!: estás diciendo las mismas cosas que mi madre.

—Margo, ¿vas a llorar?, ¡no lo creo! ¡Coño, no seas dramática!

—Entonces —musité, mientras me sonaba la nariz con el borde del pulóver—, ya este tiempo se acabó, Beatriz, y sólo nos quedarán recuerdos tristes.

Pero Beatriz sonrió, porque ella también se había leído *Los Tres Mosqueteros* en su infancia, y se acordaba a la perfección de esa escena y de aquellas palabras, así que me contestó, parafraseando a Dumas:

—Como estamos en nuestros años mozos, porque la verdad es que tú y yo somos todavía dos pollitos, esos recuerdos tristes tendrán chance de convertirse en dulces recuerdos.

Después se levantó de la silla, hizo un saludo cortesano y me abrazó.

—¿Será que nos estamos encaminando por la vida, Beatriz?

—Forzosamente, gato flaco, forzosamente.

—¿Y será que pronto seremos adultas?, ¿qué crees tú?

—Esa es una tarea difícil, pero a lo mejor sí, Margo.

Miré alrededor, le sonreí con media boca a nuestras literas, a la camilla forrada con hule y a la mesa de noche *art decó* pintada de verde tierno.

Desde donde nos hallábamos, a través de la puerta del balconcito, podía ver la cuerda de la que pendían varias piezas de ropa interior. Y por detrás de las medias de nailon de Dayana y los calcetines negros de Beatriz, se mecía el follaje de los árboles y blanqueaba la cúpula medio ridícula del Capitolio de La Habana, uno de mis paisajes más queridos.

Allá abajo, en las mesitas de Los Paraguas, un grupo de borrachos empezó a berrear una de esas canciones a las que acude la gente en trance de emoción etílica, ésa que dice: «*La luz que en tus ojos arde, si los abres amanece*». Y de pronto, sin habernos puesto de acuerdo, Beatriz y yo rompimos a entonar también la dichosa canción.

La Habana, invierno de 1991-
Quito, primavera de 1992

Acerca de la autora

 CHELY LIMA. Narradora, drama-
turga, poeta, periodista, fotógrafo,
editora, guionista de cine, libretista
de radio y TV. Ha publicado más de
27 libros (novelas, cuentos, poesía y
literatura para niños) en Estados
Unidos, Cuba, México, Colombia,
Venezuela y Ecuador. Desde princi-
pios de 1992, en que abandonó su isla natal, ha vivi-
do en Ecuador, Argentina y Estados Unidos, donde
permanece hasta la fecha.

Algunas de las publicaciones
*Memorias del tiempo circular. Cuatro novelas bre-
ves* (2014), Eriginal Books, EE.UU.
Discurso de la amante (2013), poesía, Imagine
Cloud Editions, EE.UU.
Lucrecia quiere decir perfidia (2012), novela, Link-
gua Editorial, EE.UU.
Isla después del diluvio (2010), novela, Linkgua
Editorial, EE.UU.
Triángulos mágicos (1994) novela, Editorial Plane-
ta, Ciudad de México.
Confesiones nocturnas (1994) novela, Editorial Pla-
neta, Ciudad de México.

Contacto
https://www.facebook.com/chely.lima
@LimaChely

Índice